-heit,
-keit,
-schaft,
-ung.

Claudia Bierschenk

LAND OHNE VERBEN

edition überland

Claudia Bierschenk, geboren in Brandenburg und aufgewachsen im Eichsfeld, studierte Anglistik, Romanistik und Politikwissenschaft in Berlin, Jena und Irland. Sie lernte Russisch in Moskau, war Volontärin in Israel und assistierte an einer deutschen Schule in Chile. Von 2004 bis 2008 lebte sie in einer englischen Kleinstadt und arbeitete als Projektmanagerin bei einer internationalen Übersetzungsagentur in Sheffield. Nebenbei absolvierte sie ein Abendstudium in kreativem Schreiben an der University of Sheffield und ein Fernstudium in Übersetzen für die englische Sprache. Sie lebt und arbeitet in Berlin.

Für meinen Sohn

ZUHAUSE

Der Stich

Zur Einschulung hat meine Mutter mir extra einen Rock genäht. Ich nenne ihn meinen »Fliegenrock«, weil er so schön um die Beine fliegt, wenn ich mich drehe. Dazu eine weiße kurzärmlige Bluse und rote Sandalen. In der Schulaula werden wir nach der Rede vom Direktor alle einzeln nach vorn gerufen und bekommen unsere Zuckertüten. Meine ist riesig, schwer, und ich bin mir sicher, dass viele Westsachen darin sind, denn meine Telefontante aus Westberlin hat ein Paket geschickt, das meine Mutter ganz allein ausgepackt hat. Am liebsten will ich jetzt sofort und gleich nach Hause, um die Schultüte auszukippen, aber das dauert noch. Zuerst gibt es einen Kulturbeitrag von den älteren Schülern. Ein Lied über den Frieden, ein Gedicht über den Frieden, dann irgendein anderes Lied mit Gitarrenbegleitung. Die älteren Schüler sehen schon so erwachsen aus. Die Mädchen haben mit Haarspray verklebte Dauerwellen und sind geschminkt. Sie tragen blaue

Hemden mit den Buchstaben FDJ über einer aufgehenden Sonne. Sieht eigentlich schön aus.

Es wird noch so lange dauern, bis auch ich so erwachsen aussehe. Und so wichtig in diesem blauen Hemd. Jetzt gerade kann ich mir überhaupt nicht vorstellen, dass ich mal so sein werde und nicht immer so bleibe, wie ich jetzt gerade bin. Dann müssen wir alle raus vor das Schulgebäude für das Klassenfoto und Einzelfotos. Ich darf nicht vergessen, nicht zu lächeln, oder nur mit geschlossenen Lippen. Ich will nicht, dass man meine schiefen Zähne sieht. Ich halte mir beim Lachen meist die Hand vor den Mund, aber das geht gerade nicht, weil ich ja die Zuckertüte halten muss. Also ernst gucken. Das kann ich gut. Als ich dran bin, zieht und zerrt der Fotograf lange an mir herum. Die Füße sollen so, der Kopf soll so, die Hände so. Und ich soll die Augen nicht so zukneifen und nicht blinzeln, aber das geht nicht, weil die Sonne so blendet. Und lächeln soll ich. Ich halte einfach die Luft an. Wann knipst der endlich dieses Foto? Da spüre ich an meinem Ringfinger der rechten Hand etwas, das da nicht hingehört. Da krabbelt was, das hat einen dicken Körper und mehrere Beine, doch ich darf mich jetzt nicht bewegen. Da fährt ein heißer, stechender Schmerz in meinen Finger, durch meine Hand und in meinen Körper! Das Krabbelding ist auf einmal weg und der Schmerz treibt mir die Tränen in die Augen. Ich darf jetzt auf keinen Fall anfangen zu weinen! Ich presse den pochenden Finger ganz fest gegen die Schultüte, beiße mir ganz fest auf die schiefen Zähne und zwinge meine Lippen zu einem ernsten Lächeln.

Heiliger Christophorus

Die Straße nach Osten führt aus unserem Dorf hinaus in die große weite Welt DDR. Die Straße nach Westen ist nur wenig befahren, denn einen Kilometer vom Ortsausgangsschild entfernt beginnt das Sperrgebiet und dahinter ist die Grenze. Wir nennen die Grenze nur »den Zaun«. Doch hin und wieder spazieren meine Mutter und ich diese wenig befahrene Straße entlang. Unser Ziel ist immer die Gärtnerei, der letzte blumige Posten vor der Sperrzone. Die Gärtnerfamilie lebt dort in einem alten Fachwerkhaus, dessen Fassade noch nicht ganz so abgebröckelt und zerfressen ist. Über der Eingangstür hängt eine große, hölzerne Figur vom heiligen Christophorus. Er hebt die Hand, als wolle er sagen: Stop, halt, hier geht's nicht weiter! Dabei ist er doch der Schutzheilige der Reisenden. Ach Christophorus, was hat dich hierher verschlagen, wo alle Reisen enden? Hier in der Gegend gibt es viele Heilige. Die anderen Kinder haben Namen wie Katharina, Tobias, Thomas, Daniel, Elisabeth, Christoph, Stephan. Sie alle haben außer Geburtstag auch noch Namenstag. Das ist wohl so etwas wie der Geburtstag oder Sterbetag des Heiligen oder der Heiligen mit demselben Namen. Manche bleiben an diesem Tag auch einfach zu Hause und gehen nicht in die Schule, bekommen deshalb aber erstaunlicherweise keinen Ärger. Ich habe keinen Namenstag, denn anscheinend gibt es keine Heilige mit meinem Namen. Außerdem bin ich nicht getauft. Die Silvios, Enricos und Mandys in unserer Schule haben, glaube ich, auch keinen Namenstag.

◊ ◊ ◊

Wie man so ist

Der Zaun lässt einen gleichzeitig an zwei völlig verschiedene Welten glauben und dazu noch an den lieben Gott. Man ist sehr gut im So-Tun-als-ob. Das macht einen auch ein bisschen verrückt, denn man kann sich nie sicher sein, wer denn nun recht hat. Wir haben eine Sprache für zu Hause und eine für die Welt da draußen. Wir sind Mitläufer und machen uns gleichzeitig immer ein bisschen lustig über Mitläufer. Man bindet das Pioniertuch um und nach dem Fahnenappell verschwindet es sofort wieder in der Schultasche. Wer das Pioniertuch vergessen hat, muss den Jackenkragen hochziehen und ganz hinten stehen. Darauf ist man auch immer ein bisschen stolz. Man beschwert sich hinter verschlossenen Türen. Man hat immer ein bisschen Angst, dass man etwas falsch macht. Man hat immer ein bisschen ein schlechtes Gewissen. Man ist immer ein bisschen feige.

Denk an was Schönes

Für mich ist der Zaun schon immer da gewesen. Ich weiß, dass er da ist, doch gesehen habe ich ihn bis jetzt noch nie. Das haben die wenigsten von uns. Wir ignorieren ihn einfach so gut wir können. Darin sind wir ziemlich gut, denn was sollen wir sonst machen? Uns darüber aufregen? Ich frage mich oft, warum der Zaun da überhaupt steht. Ich hab' es einfach noch nicht so richtig kapiert. Die Theorie schon. Also ich kann es seit dem Kindergarten herunterbeten, dass die Grenze uns beschützen soll, aber so richtig einleuchten will es mir nicht. Denn meine Tanten und Onkel, die regelmäßig aus dem Westen zu Besuch kommen, erscheinen überaus friedlich und haben nicht die Absicht, eine Invasion zu starten. Ich verstehe auch nicht so recht, warum die Regale bei uns im Konsum immer so leer sind oder nur mit einer einzigen langweiligen Sache gefüllt, zum Beispiel Mehltüten oder Schmalzfleisch in der Büchse, das diesen unfassbar ekligen Fettrand obendrauf hat. Oder warum jeder nur eine Tüte Cornflakes kaufen darf, wenn es mal welche gibt. Warum dauernd der Strom ausfällt und das Wasser abgestellt wird. Warum die Leute allen möglichen Müll in die Rosoppe werfen. Warum alle anderen katholisch sind und ich nicht mal getauft bin. Warum wir nicht weiter als bis zur Gärtnerei laufen können. Meine Mutter sagt oft: »Denk' doch nicht daran, denk an was Schönes.« Nur an was?

◇ ◇ ◇

Rote Punkte

Die erste Klasse ist einfach nur schrecklich. Ich habe Angst vor einem bestimmten Lehrer, der ziemlich viel rumbrüllt und auch mal mit dem Lehrbuch dem einen oder anderen so richtig eins auf die Rübe gibt, denn zwischen den Ohren sitzt unsere Blödheit.

Er wirft mit Kreide und einmal auch mit dem Schlüsselbund, zum Glück daneben. Mir stockt jedes Mal der Atem vor Angst, wenn er die Stimme hebt. Ich sitze wie erstarrt, Knie zusammen, Arme verschränkt auf dem Tisch. Ich habe auch Angst vor den Erzieherinnen mit den lauten Stimmen. Und dann habe ich außerdem Angst, dass mich die anderen Kinder nicht mögen. Ich habe ja schon alles angekreuzt auf der Außenseiterliste: nicht katholisch, Mutter von außerhalb, Lehrerkind. Aber das Schlimmste an der ersten Klasse ist dieser unsägliche Mittagsschlaf. Müde oder nicht, wir müssen nach dem Mittagessen in einem extra dafür hergerichteten Klassenraum auf unbequemen Holzpritschen schlafen. Hinter den dunklen Vorhängen erahne ich Sonnenschein, das Treiben auf der Straße, die vorbeifahrenden Autos. Da draußen geht das Leben einfach weiter und wir müssen hier liegen, möglichst auf dem Rücken, still sein, Augen zu. Ich kann beim besten Willen nicht mitten am Tag schlafen. Ich bin kein Kleinkind mehr und es ist mir unbegreiflich, dass die anderen tatsächlich folgsam die Augen zukneifen. Ich weiß, dass ich so nie zu meinen sechs roten Punkten komme. Wer sich artig hinlegt, die Augen zumacht und keinen Mucks mehr von sich gibt, für mindestens eine Stunde, der bekommt einen roten Punkt. Und wer sechs rote Punkte hat, darf einen Nachmittag während der Ruhestunde aufbleiben und draußen auf dem Schulhof spielen. Die Belohnung ist also das Aufbleiben. Ist der Mittagsschlaf dann eine Strafe für irgendetwas? Am Ende der Mittagsruhe liest die Erzieherin vor, wem noch wie viele rote Punkte bis zum ersehnten Aufbleiben fehlen. Astrid fehlt noch einer, Katja fehlt noch einer, Marcel fehlen noch zwei, Maik fehlt noch einer, Ulli fehlt noch einer, Claudia fehlen noch fünf! Ein Johlen geht durch den Raum. Der fehlen noch fünf Punkte! Da ist es wieder, dieses Gefühl, als ob mir jemand einen kalten, nassen Waschlappen ins Gesicht schlägt. Ich glaube, es ist Scham.

⋄ ⋄ ⋄

Außenseiter

Nach langem Hin und Her und vielen Tränen muss ich nun endlich nicht mehr in den Hort, nicht mehr Mittagsschlaf halten. Ich kann nach der Schulspeisung nach Hause und dennoch habe ich jeden Tag Angst, dass irgendetwas vorfallen könnte, dass irgendeine Schulversammlung oder sonst eine Veranstaltung stattfindet, die verhindert, dass ich nach Hause darf. Dabei will ich einfach nur in meinem Zimmer spielen, lesen, malen, mit meinem Hund durch den Wald streifen und allgemein in Ruhe gelassen werden. Es ist mir unbegreiflich, warum es so wichtig ist, dass ich an diesen Aktivitäten teilnehme. Ich bekomme gute Zensuren, lerne freiwillig, mache freiwillig meine Hausaufgaben, reicht das nicht? Es reicht nicht. Und nun bin ich auch noch die einzige Schülerin an der ganzen Schule, glaube ich zumindest, die nicht in den Schulhort muss. Schulhort ist etwas für Kinder, deren Eltern von sechs Uhr früh bis nachmittags um fünf im Bekleidungswerk, in der Maschinen-Traktor-Station oder der LPG arbeiten. Meine Mut-

ter hat ihre Töpferwerkstatt zu Hause. Man muss nur kurz über den Hof, ein paar Steinstufen hoch und da ist ihre kleine Werkstatt. Also was soll ich im Hort? Meine Eltern haben alles versucht, mir die tollen Nachmittagsaktivitäten schmackhaft zu machen, dass ich mit den anderen Kindern spielen könnte und so weiter und so weiter. Aber die anderen Kinder sind mir meist egal, das heißt, ich zwinge mich selbst immer ein wenig dazu, dass sie mir egal sind. Ich merke doch, dass sie mich nicht besonders mögen. Erst viel später verstehe ich, dass meine Eltern Ärger bekommen haben, denn der Schulhort ist, wie alles hier, politisch. Wenn das so weiter ginge mit mir, sei ich irgendwann sozialistisch nicht mehr tragbar, hat wohl irgendein Lehrer über mich gesagt. Was auch immer das heißt.

Man kann, muss aber nicht

Heute werden wir Jungpioniere. Ich habe keine Ahnung, was man als Pionier anders macht oder anders machen soll. Fleißig lernen, hilfsbereit sein, für den Frieden sein, das sind wir doch sowieso schon, ganz automatisch. Aber das Pionier-Werden ist vielleicht so etwas wie ein Vertrag, dass man das jetzt alles machen *muss* und dafür bestraft werden *kann*, wenn man sich vor dem Altstoffsammeleinsatz oder dem Wildfrüchtesammeln drückt. Von meiner Mutter weiß ich, dass man Pionier werden *kann*, aber nicht *muss*, aber dass es besser ist, wenn man mitmacht, denn ich hab' ja schon die absolut größte Extrawurst überhaupt, nämlich die Befreiung vom Hort. An diesem 13. Dezember wache ich mit einem ganz blöden Gefühl auf, denn ich habe den Verdacht, dass die feierliche Jungpionieraufnahme meinen Tagesablauf durcheinanderbringen wird. »Kann ich heute wie immer nach dem Essen nach Hause, Mama?« »Na klar!«, sagt meine Mutter. »Warum denn nicht?«

Doch ich glaube, sie sagt das nur, um mich zu beruhigen. In der letzten Stunde, vor dem Mittagessen, kommt die Erzieherin ins Klassenzimmer mit einem Schwung blauer Halstücher unter einem Arm und einem Stapel Pionierausweise in der anderen Hand. Sie tuschelt mit dem Klassenlehrer und beide verschwinden im angrenzenden kleinen Raum. Nach ein paar Minuten rufen sie mich dann hinein. Oh Gott, was denn nun? Mein Bauch fängt sofort an zu kribbeln und meine Handflächen werden kalt und feucht. Habe ich irgendwas falsch gemacht? »Du musst heute hierbleiben«, sagt mein Klassenlehrer tonlos. Sofort schießen mir die Tränen in die Augen und beide, Klassenlehrer und Erzieherin, rollen zeitgleich mit den Augen und geben ein geräuschvolles Ausatmen des Genervtseins von sich. »Warum denn?« schluchze ich. Ich will einfach nach Hause, wie immer nach der Schule. Keine Diskussion. Ich gehe langsam zu meinem Platz zurück. Die heult ja schon wieder! Allgemeines, genervtes Aufstöhnen aus einigen Sitzbänken. Als ob mein Weinen die anderen irgendwie persönlich betrifft, beleidigt, oder was weiß ich. Ich bin still für den Rest der Stunde, still während der Mittagspause, still während der ganzen Jungpionier-Zeremonie. Innerlich singe ich im Takt: kann-muss-kann-kann-muss.

◇ ◇ ◇

War ja klar

Kurz vor Stundenende sagt die Lehrerin auf einmal zu mir: »Geh' doch mal ins Pionierleiterzimmer und hol die Pionierzeitung.« Verdammt, warum denn ich? Ich weiß doch gar nicht, wo dieses Pionierleiterzimmer ist? Sonst schickt sie mich doch niemals irgendwohin, sondern immer Ulli, unsere Gruppenratsvorsitzende. Ich gehe raus, halte kurz auf dem Flur inne. Durchatmen. Mein Herz hämmert wie verrückt. Vielleicht erlöst mich ja das Klingeln, wenn ich lang genug warte? Ich laufe die Treppen hinunter. Kein Mensch auf den Fluren, alle im Unterricht. Da ist das Sekretariat, dort das Lehrerzimmer. Ich könnte einfach anklopfen und fragen. Aber dann würde bestimmt jemand sagen: »Was denn, Lehrerkind und weiß nicht, wo das Pionierleiterzimmer ist?« Dann würde mein Vater es erfahren, sich vielleicht schämen. Egal, wie ich es drehe, ich kann nur verlieren. Nach einer gefühlten Ewigkeit schleiche ich zurück zum Klassenzimmer und muss gestehen mit schamheißem Kopf: »Ich weiß nicht, wo das Pionierleiterzimmer ist.« Augenrollen von der Lehrerin und kollektives Aufstöhnen in der Klasse. War ja klar. »Ulli, geh du mal.«

Sperrgebiet

Heute ist ein ganz besonderer Tag. Heute fahren mein Vater, meine Mutter, mein Großvater und ich die verbotene Straße entlang, von einem Schlagloch zum nächsten. Wir fahren nach Kella ins Sperrgebiet, denn wir haben einen Passierschein zum achtzigsten Geburtstag von Großonkel Peter, der sein ganzes Leben lang nie aus Kella herausgekommen ist. Die Dörfer im Sperrgebiet sind so gefährlich nahe an der richtigen Grenze, dass man nur mit Sondererlaubnis hinein und hinaus kann. Enrico aus unserer Klasse wohnt in einem dieser Sperrgebietsdörfer und er tut mir immer ein bisschen leid. Er hat einen schlimmen Haarschnitt, vorn mit Fransenpony, stottert und wird oft gehänselt. Er ist von Kopf bis Fuß in Ostklamotten gekleidet und hat den Zaun ständig vor der Nase, aber keine Westverwandten.

Da ging das nit mehr

Unser gelb-schwarzer Lada hält am Schlagbaum. Zwei graugrün uniformierte Soldaten stehen dort und rauchen. Irgendwie tun sie mir leid. Bei jedem Wetter müssen sie da stehen, gucken und die rot-weiße Schranke hoch-

und runterkurbeln. Na wenigstens können sie rauchen und sich unterhalten. Sie begrüßen uns freundlich, man kennt sich ja. Meinen Vater kennt sowieso jeder, denn er ist Lehrer, Judotrainer und Bademeister. Fast jeder hier hatte entweder bei ihm Unterricht oder hat bei ihm Schwimmen gelernt. Mein Bauch kribbelt wie verrückt, als sich die Schranke hinter uns schließt. Kurve um Kurve zieht sich die Straße den Hügel hinauf. Dann sehen wir zwischen den Bäumen den Patrouillenweg und den Zaun, wie er sich die Wiesen hochwindet. Das ist sie also, die Grenze, es gibt sie wirklich. Niemand sagt etwas, wir gucken und fahren. Dann sagt Großvater leise: »Bevor die Grenze da war, bin ich immer diesen Weg gelaufen, von zu Hause bis zur Arbeit, später mit dem Fahrrad gefahren. Und als die den Zaun hingestellt haben, da ging das nit mehr.«

Das letzte Haus vorm Zaun

Unsere Sperrgebietverwandten wohnen in einem Geisterdorf. Kein Mensch auf der Straße, ab und zu ein blasses Gesicht hinter langen Gardinen. Die Häuserfassaden sind kaputt und grau, bei den Fachwerkhäusern schimmert der blanke Lehm durch und

die angefressenen Holzbalken sehen aus wie abgelaufene Borkenschokolade. »Um Himmels Willen«, flüstert meine Mutter und mein Vater lenkt uns stumm über die schlaglochübersäte, schmale Dorfstraße. Ich strecke meinen Arm an der Kopflehne meiner Mutter vorbei, damit sie meine Hand nehmen kann. Ihre ist kalt und ein wenig feucht. Sie ist nervös, denn meine kleine Schwester musste bei Großmutter bleiben. Der Passierschein wurde nicht für die ganze Familie ausgestellt, wahrscheinlich, damit wir nicht auf dumme Gedanken kommen. »Da müss-

mer hoch«, sagt Großvater, »hoch bis fast zum Ende«. Die Straße wird immer schmaler und ist so steil, dass der Motor sich mächtig anstrengen muss. Und da ist das Geburtshaus meines Großvaters, das so aussieht wie die meisten Häuser in der Gegend: für mehrere Generationen gebaut, zwei Stockwerke, rotes Spitzdach, graue, wettergebleichte Schindeln. Im Vorgarten wachsen saubere Blumenhaufen auf ordentlich gemähtem Rasen, die Gosse ist gefegt, es ist ja Samstag. Drinnen dieselbe unbewegliche, seit Jahrzehnten unveränderte Atmosphäre von Sparsamkeit, Ordnung – und Gottesfurcht. Holzjesus am Holzkreuz, Dürers betende Hände als gesticktes Bild, ein Obststillleben in Öl. In der guten Stube sitzen alte Leute bei Schmandkuchen und Westkaffee, lauter Verwandte, die ich nicht kenne. Sie erzählen, wer gestorben ist, wer rübergemacht ist, wer geheiratet hat, wer Krebs hat. Weiße Tischdecke, das gute Geschirr, harte Stühle, Schrankwand Eiche rustikal, gehäkelte Deckchen als Sitzschoner.

Der Zaun

Irgendein grauhaariger Verwandter mit dicken Brillengläsern führt uns im Haus herum, zeigt uns, wo überall etwas kaputt ist, wo etwas fehlt, wie überall in diesem Land. Immer ist irgendwas noch nicht zu Ende gebaut, muss improvisiert werden. Dann gehen wir in den Garten und er präsentiert uns fast ein wenig stolz den Grenzzaun. Meine Eltern und ich stehen da und blicken fassungslos auf dieses Monstrum. Der Zaun steht einfach so da, direkt hinter den Obstbäumen und der auf Kante gestutzten Hecke. Wie hoch er wohl ist? Sechs Meter vielleicht? Und meine Verwandten sehen ihn jeden Tag. Oben ist er mit Stacheldraht verziert und in regelmäßigen Abständen sind grüne und rote Signalleuchten montiert. Der Verwandte raucht und erzählt irgendwas von Hasendisko. »Wenn Wildtiere dem Zaun zu nahe kommen, den Stolperdraht berühren, dann wird Alarm ausjelöst, und dann kommse anjerannt wie 'ne Hammelherde, jeder mit 'ner Kalaschnikoff!«

Wo mein Platz ist

Ich weiß, dass meine Mutter versucht, dort drüben irgendetwas zu erkennen, einen Kirchturm, ein Flugzeug oder sonst was. Ich weiß, dass sie dort sein will oder wenigstens mal hinfahren, um zu gucken, wie es dort so ist. Und ich kann mir denken, dass mein Vater sich schon jetzt fragt, ob wir rechtzeitig nach Hause kommen werden, damit er noch zum Judotraining kann.

Ich schaue auf die unerreichbaren Grashalme auf der anderen Seite und auf die Grashalme, die durch den Zaun wachsen. Wohin gehören die eigentlich? Die mit den Wurzeln im Osten und den Halmen im Westen? Das andere Gras sieht genauso aus wie das Gras, auf dem ich gerade stehe. Aber ich werde das auf der anderen Seite nie, nie berühren. Ich kann nicht glauben, dass dies Wirklichkeit ist, unsere Wirklichkeit. Zum ersten Mal in meinem Leben fühle ich mich komplett hilflos, denn ich weiß nun, wo mein Platz ist, nämlich auf dieser Seite des Zauns. Warum sind ausgerechnet wir hier und nicht drüben? Es gibt nichts, gar nichts, was ich dagegen tun kann. Dieser Stacheldraht und die Signalleuchten sind für uns. Das Gefühl wird zu groß für mich und macht einen Knoten innen drin, in meiner Brust. Ich bin erleichtert, als meine Mutter wieder ins Haus will. Sie trägt einen knallroten Pullover und ist überzeugt, dass die Grenzer sie schon mit Weitwinkelobjektiv fotografiert haben.

⋄ ⋄ ⋄

Telefontante

In Hausschuhen hasten meine Mutter und ich im funzeligen Licht der Straßenlaterne rüber zu Else. Sie und ihr Mann Erhard gehören zu den wenigen Glücklichen im Ort, die ein Telefon haben, denn Erhard ist Rettungssanitäter. Wir trampeln die Treppe hoch in die kleine überheizte Stube. Dort steht das Telefon, dieser Wunderapparat, der hier so selten ist wie Bananen im Konsum. (Nach der Schule rennen meine Freundin und ich manchmal zum Dorfanger, wo die einzige Telefonzelle steht, und rufen die Zeitansage an. Wir wollen einfach mal einen Telefonhörer anfassen und die Wählscheibe bedienen). Meine Mutter, außer Atem, aufgeregt, hungrig nach der Stimme ihrer Schwester in der großen weiten, freien Welt, fängt sofort an zu plappern, und zwar ziemlich laut. Onkel Erhard, eingesunken auf dem durchgesessenen Sofa, ist wie jedes Mal ein wenig sauer, dass wir in sein samstägliches Fußballspiel der eigentlich verbotenen ARD hineinplatzen. Ich warte geduldig auf dem harten Stuhl neben dem Telefonschränkchen, bis meine Mutter mir feierlich den Hörer reicht. Dann kann ich mit meiner Tante im gefühlt mehrere Kontinente entfernten Westberlin reden. Knacken, rauschen, schnarren. Eine verzerrte Stimme: »Na meine Süße, wie geht's dir?«

»Gut.«

»Was macht die Schule?«

»Gut.«

Ich würde sie gern noch viel fragen. Ob sie mir im nächsten Paket nicht mal eine Elvis-Platte schicken kann, oder wie es ist, nach Italien in den Urlaub zu fahren, und ob sie uns mal eine echte Ananas schicken kann. Aber ich weiß nicht, ob das geht, und das Telefonat kostet meine Tante bestimmt Unmengen Westgeld, und wir dürfen das Telefon nicht so lange blockieren, und außerdem gibt es bestimmt noch wichtige Erwachsenensachen zu besprechen. Also hebe ich mir meine Fragen auf und gebe meiner Mutter den Hörer.

Muss ja nit jeder seh'n

Meine Telefontante aus Westberlin schickt unzählige Pakete, in die sie alles packt, was man sich nur vorstellen kann: Obst, Säfte, eingeschweißtes Vollkornbrot, Kleidung, Schuhe, Zeitschriften. Oft fehlt die Hälfte, das sehen wir anhand der Inhaltsliste, die immer beiliegen muss. Zeitschriften sind natürlich streng verboten, aber meine Tante wickelt sie in Alufolie und versteckt sie in Pralinenschachteln, weil sie denkt, die Durchleuchtemaschine an der Grenze kann das nicht erkennen. Manchmal klappt es und ich flippe beinah aus, wenn ich eine *Bravo* oder *Micky Maus* entdecke. Die Konservendosen mit Ananas oder Mandarinen werden aufbewahrt, bis jemand von uns krank wird. Und wenn ich dann mal mit Grippe im Bett liege, bekomme ich eine kleine Schüssel Dosenmandarinen. Ich lasse jede Mandarinenspalte lange im Mund, bewege sie mit der Zunge hin und her, damit ich auch ja jedes letzte bisschen Geschmack aus ihr heraussaugen kann. Die leere Dose hält meine Mutter über Wasserdampf um die bunte Beschriftung abzulösen. Die nehme ich dann als Lesezeichen. Wenn ich die Westpakete von der Post abhole und auf der Karre durchs Dorf ziehe, will ich, dass es jeder sieht. »Nächstes Mal machste aber 'ne Decke drüber«, schimpft Großmutter. »Muss ja nit jeder seh'n.«

Hin und Her

Es ist eigentlich fast unmöglich, nicht Westfernsehen zu gucken. Montags erzählen wir uns in der Schule, was bei der letzten Folge von *Ein Colt für alle Fälle* passiert ist, oder bei *Na Sowas!* mit Thomas Gottschalk. Den findet meine

Großmutter so unmöglich. Wegen diesen langen Locken. Das sieht doch schändlich aus!

Großmutter benutzt das Wort »schändlich« sehr oft.

Ich könnte mir vorstellen, dass der Pfarrer kein Westfernsehen guckt, und vielleicht noch der ABV. Und dennoch muss ich schnell auf DDR 1 umschalten, wenn es abends an der Tür klingelt, denn der ABV oder der Bürgermeister erlauben sich hin und wieder spontane Hausbesuche.

Ein Lehrer hat mich schon mal nach Hause geschickt, weil ich ein T-Shirt mit Coca-Cola-Aufschrift anhatte. Und meine Banknachbarin hatte mal einen Monchichi-Schlüsselanhänger dabei, den die Lehrerin sofort an sich genommen hat mit den Worten: »Das ist doch von drüben, das darfst du gar nicht mitbringen!« Und dabei hat hier wirklich fast jeder Westverwandte, auch die meisten Lehrer. Es fährt immer irgendein Westauto durchs Dorf. Bei jeder Hochzeit, Taufe, Beerdigung, Kommunion wird die Verwandtschaft von drüben sehnlichst erwartet. Ich weiß gar nicht, wie die Lehrer das machen, einerseits Monchichis wegnehmen, weil »von drüben«, aber am Wochenende mit dem Westbesuch Kaffee trinken. Mein Vater ist einmal mit Hosenträgern in die Schule gegangen, die ich sehr schön fand. Sie waren in einem

Westpaket und waren rot und blau mit weißen Sternen. »Die kubanische Flagge«, grinste mein Vater und bekam doch eine Verwarnung vom Direktor. Es ist ein ewiges Hin und Her: hier und drüben, USA und UdSSR, Jugendweihe und Konfirmation, hierbleiben und rübermachen, Ostschrott und Westsachen.

Sakramente

Jeden Samstagmorgen fegt Großvater die Gosse vorm Haus. Und zwar genau von einem Ende des Grundstücks zum anderen und keinen Zentimeter weiter. Und das Unkraut, das zaghaft seine grünen Fingerchen zwischen den Steinplatten im Hof hervorstreckt, muss in Handarbeit entfernt werden. Meine Großeltern, je mit einem kleinen, scharfen Kartoffelmesser bewaffnet, stehen wie die Giraffen am Wasserloch und ziehen die Messerklingen durch die Ritzen der Platten, ritsch, ratsch. Am Nachmittag putzt Großvater Schuhe, schmutzig oder nicht. Zuerst mit einer groben Bürste abschrubben, dann mit einem Läppchen die Schuhcreme einmassieren, hinterher mit einer weichen Bürste sorgfältig nachpolieren. Wenn dann noch Zeit ist, nimmt er alle Messer aus dem Küchenschubfach und geht in den Keller, wo der große, runde Schleifstein steht, eingefasst in einer rostigen Metallhalterung, die an der Seite eine Kurbel hat. Ich darf die Kurbel drehen und den mächtigen, quietschenden Schleifstein in Bewegung halten, während Großvater sorgfältig ein Messer nach dem anderen schärft. Ab und zu gieße ich vorsichtig Wasser auf den Stein, damit er nicht heiß wird. »Der Schleifstein ist älter als wir alle zusammen«, sagt Großvater. Am Abend dreht Großmutter sich kleine, stachelige Lockenwickler ins Haar, damit sie am Sonntagmorgen in der Kirche gut aussieht. Während die Lockenwickler ihre Wirkung tun, wird Kuchenteig angerührt. Kuchen backt sie nur am Samstagabend, denn er muss am Sonntagmorgen die Kirchenglocken läuten hören. Die Wäsche muss noch am Samstag von der Leine abgenommen werden, denn am Sonntag darf die auf keinen Fall mehr da hängen. Das sind die Sakramente am Samstag.

So ein feiner Mann

Meine Mutter nennt es »Westdeutschland«, was, wie ich finde, immer ein bisschen vornehm klingt. Alle anderen nennen es »Drüben«. Es sind nur wenige Kilometer bis nach Drüben und unsere Fernsehantennen zeigen alle in diese Richtung, obwohl es ja eigentlich verboten ist. »Eigentlich« ist ein wichtiges Wort bei uns. Eigentlich ist vieles verboten, aber kaum jemand hält sich daran. Westfernsehen gucken ist nur eines von den vielen Dingen, die eigentlich verboten sind. Jeden Samstagabend sitzen wir vorm Fernseher, wenn im ARD oder ZDF eine endlos lange Samstagabendshow läuft. Meine Großeltern wohnen im Obergeschoss, und da sitze ich am liebsten neben Großvater auf dem roten Plüschsofa. Er nickt immer wieder ein und fängt an zu schnarchen, doch Großmutter weckt ihn jedes Mal: »Karel ... Karel!« Sie sitzt am Wohnzimmertisch und häkelt im Halbdunkeln. Sie häkelt dreieckige oder viereckige Deckchen für Nachbarn, Bekannte, Westverwandte. Vergeblich hat sie versucht, es mir beizubringen, aber außer langen einmaschigen Garnketten kriege ich nichts hin. Das Ergebnis interessiert mich dabei auch gar nicht. Es ist eher diese Bewegung, die mich fasziniert. Das schnelle Hin und Her der Nadel und wie die Maschen immer länger und länger werden, endlos. Das geht mir bei vielen Dingen so: Ich mag lieber den Prozess selbst, nicht so sehr das Ergebnis. Und das ist ein Problem, denn wir werden ständig dazu angehalten weiter, höher, schneller, besser zu sein – für die Gemeinschaft, die Klassenbrigade, die Sache. (Was ist eigentlich diese »Sache«?) Vor

Kurzem haben wir zum ersten Mal im Sportunterricht statt Schlagballweitwurf Handgranatenweitwurf geübt. Sie lag gut in meiner Hand, diese Granatenatrappe, so schön kühl und glatt. »Bierschenk, du bist tot«, sagte der Sportlehrer.

Großmutter häkelt und nichts auf dem Bildschirm entgeht ihr.

»So ein feiner Mann, der Kulenkampff, was der immer für schöne Anzüge anhat, und die Haare so schön.« »Der war doch auch in Stalingrad«, sagt Großvater.

Billig und teuer

Mit Einkaufszettel und Beutel laufe ich zum Fleischer. Am Konsum vorbei, die wenig befahrene Hauptstraße entlang, dann über die Brücke, unter der die von Abwässern schäumende und mit Entengrütze zugewachsene Rosoppe vor sich hin stinkt. Schule, Tankstelle, Onkel Egons Gemischtwarenladen, in dem man am besten nur durch den Mund atmet, vorbei am Anger mit der Telefonzelle. Dann kommt die gruselige polizeiliche Meldestelle mit dem vergitterten Fenster. Die Post mit der steilen Treppe, wo ich regelmäßig Westpakete mit der Karre abhole. Schon von Weitem sehe ich, wie sie wieder alle Schlange stehen vorm Fleischerladen. Und die meisten von ihnen haben mit Sicherheit vorbestellt, damit sie auch ja etwas abbekommen von der Gehacktesration. Gehacktes rohes Fleisch ist hier ein Grundnahrungsmittel. Man muss auch möglichst eine halbe Stunde bevor der Laden öffnet da sein, sonst wird das nix. Schlange stehen, ständig und immerzu, warten, stehen, warten und am Ende doch nichts mehr abbekommen. Der Fleischerladen riecht komisch, ist kalt und komplett weiß gekachelt. Weiße Kacheln, gelbrosa Aufschnitt auf zerkratzten Alutabletts, silberfarbene Haken, die von der Decke hängen und an denen faserige blassrosa Fleischbatzen baumeln, mit dicken Fettadern durchsetzt. Die Fleischersfrau hat ein rotes, glänzendes Gesicht und nimmt wortlos meinen Einkaufszettel entgegen: Sechs Scheiben Leberkäse, vier Scheiben Bierschinken, ein halbes Pfund Gehacktes, ein halbes Pfund Rindfleisch zum Kochen. Alles hat den gleichen Farbton. »Billiges Rindfleisch oder teures?«, fragt die Fleischersfrau. Ich zögere. Auf die Frage war ich nicht vorbereitet. Billiges oder teures Fleisch? Wie teuer ist teuer? So selten, dass man mal die Wahl hat. Ich muss mich entscheiden, hinter mir drängeln sie schon. »Was will die Mutti denn kochen?«, fragt die Fleischersfrau. »Rindfleischsuppe«, antworte ich leise und mir wird ganz heiß, denn ich weiß, dass mich alle angucken und mit den Füßen scharren. Meine Antwort klingt wie eine Frage. Was weiß ich denn. »Zum Kochen kannse billiges nehmen.« Gott sei Dank, wieder eine Entscheidung, die mir abgenommen wurde.

Der Taschenrechner

Weil alte Leute in den Westen dürfen, fahren meine Großeltern so oft sie können zu ihren Verwandten nach Hessen. Wenn sie zurückkommen, riechen sie nach Westpaket, so ähnlich wie frisch gewaschene Wäsche. Ich schnuppere an ihnen bis meine Großmutter sagt: »Nu is aber gut Malchen.« Mein Vater sagt, alte Leute dürfen fahren, weil es egal ist, ob sie zurückkommen oder nicht, die werden nicht mehr gebraucht in der DDR, eher im Gegenteil. Aber das muss ich natürlich für mich behalten. Einmal bringt Großvater mir einen kleinen Taschenrechner mit, in einer Lederhülle, die man aufklappen kann und wo man an der Seite noch etwas reinstecken kann, Zettel oder Aufkleber. Der Taschenrechner funktioniert mit Lichtenergie, nur mit Licht! Licht treibt die Batterien an, das muss man sich mal vorstellen, er geht nie kaputt! Ich muss einfach wissen, wie es in dem Taschenrechner aussieht. Ich schaue nur mal kurz rein und dann baue ich ihn wieder zusammen. In einer Ecke meines Kinderzimmers löse ich mit meinem kleinen Schraubendreher, den ich mir mal irgendwann von meinem Vater geliehen habe, die Schräubchen. Das Innenleben des Taschenrechners sieht aus wie eine geheimnisvolle Landschaft, durchzogen von grünen und silbernen Straßen und Rinnsalen, oder wie die Landkarte eines anderen Planeten. Ich schaffe es nicht, ihn wieder zusammenzubauen und verstecke ihn unter dem Teppich. Einen Westtaschenrechner. Und ich habe ihn kaputt gemacht. Die Schuld zuckt in kleinen Stromschlägen durch meinen Körper. Was soll ich bloß tun? Der war bestimmt teuer, unfassbar teuer, der hat Westgeld gekostet! Als mein Vater den Taschenrechner irgendwann findet – beim Staubsaugen, glaube ich –, lacht er und die Sache ist erledigt.

Baba Jaga

Baba Jaga, die menschenfressende Hexe, sitzt auf einem Hocker in der Küche und tut so, als sei sie meine Urgroßmutter. Dabei bin ich mir ziemlich sicher, dass sie nachts in einem Holzzuber durch die Lüfte fliegt und die Gegend unsicher macht. Zu groß ist die Ähnlichkeit.

So, wie sie mich aus den dunklen Augenhöhlen anfunkelt, hat sie vielleicht eine Ahnung, dass ich es weiß. Oma Oranienburg sagt immer, man muss ein Kleidungsstück verkehrt herum anziehen, dann kann einen »keener behexen«. Darum ziehe ich immer eine Socke falsch herum an, wenn ich Baba Jaga besuche. Sie lebt in einem Haus mit der Schwester meiner Großmutter, Tante Marta. Tante Marta mag ich sehr und ich komme eigentlich nur ihretwegen mit, denn sie hat traurige liebe Augen und eine sanfte Stimme. Sie passt irgendwo so gar nicht hierher. Ihr Mann, Onkel Alvin, hat immer einen Zigarrenstummel zwischen den Zähnen und pfeift vor sich hin. »Schlimmes hat der im Krieg erlebt. O Jesses Maria«, sagt Großmutter, aber was genau, das sagt sie nicht. Mir ist ja immer noch nicht ganz klar, in was für einer Armee die alten Männer im Dorf alle gekämpft haben. Ich beobachte Baba Jaga, wie sie Papiertaschentücher zwischen ihren knotigen Fingern hin und her dreht und manchmal etwas auf Plattdeutsch sagt, das ich nicht verstehe. Sie murmelt Zaubersprüche. Vielleicht verhext sie uns alle, und vielleicht guckt Tante Marta deshalb immer so traurig und Onkel Alvin sagt so gut wie nie etwas. Ich komme trotzdem immer wieder mit, denn Baba Jaga fasziniert mich. Ich kann nicht

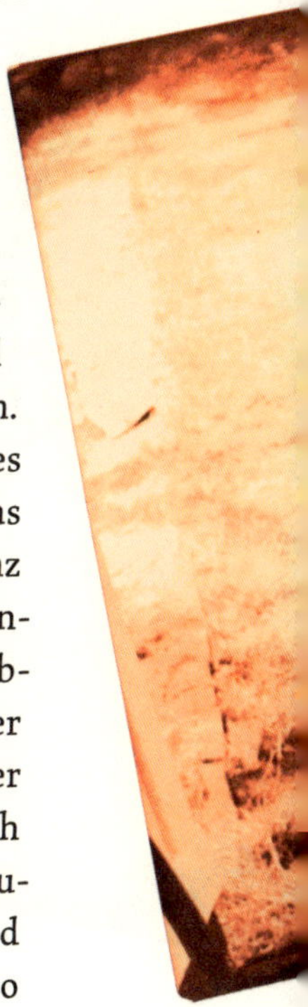

begreifen, wie jemand so unglaublich alt werden kann. So klein und schrumpelig. Und ich frage mich, ob sie wirklich nur schwarze An-

ziehsachen im Schrank hat, denn sie trägt immer schwarz. Eines Tages sitzt Baba Jaga nicht mehr auf dem Hocker in der Küche, sondern liegt in einem großen Bett im Hinterzimmer, einem traurigen Zimmer, denn außer dem Bett gibt es nur einen Nachttisch, einen Stuhl und ein gesticktes Bild an der Wand mit zum Beten gefalteten Händen. Baba Jagas Mund ist nur ein schwarzes Loch, ihr Gesicht ist ganz klein und weiß, man sieht es kaum auf dem großen Kissen. Ich bin mir nicht sicher, was das jetzt bedeutet und warum meine Großmutter schon jetzt weint und betet und schwarze Sachen trägt. Fast tut es mir leid, dass ich meine Urgroßmutter für Baba Jaga gehalten habe. Aber nur ein bisschen.

Großmutter gibt mir wichtige Ratschläge

Wenn du ein Hundehaar verschluckst, dann kriegst du Darmverschluss. Wenn du auf Kirschen Wasser trinkst, oder auf Kuchenteig, dann kannst du sterben. Wenn du mit vollem Bauch ins Wasser gehst, dann platzt dir der Magen. Wenn du bei Gewitter das Licht anlässt, dann schlägt der Blitz ein. Fass die Katze nicht an, dann kriegst du Würmer! Wenn dich der Hund im Gesicht ableckt, dann kriegst du 'nen Bandwurm. Föhn dir bloß die Haare richtig trocken nach dem Baden, sonst kriegst du 'ne Hirnhautentzündung. Du erlebst noch den Dritten Weltkrieg, aber wir nit mehr.

Vom Krieg

»Opa, erzähl mal was vom Krieg.«

»Ach Malchen, was soll ich denn erzählen. Schlimm war's, ganz schlimm. Am schlimmsten war'n die Partisanen.«

»Aber die Partisanen waren doch unsere Freunde. Du hast doch gegen Hitler gekämpft, oder?«

Ich will mir wieder das Fotoalbum anschauen, zusammen mit Großvater. Darin sind Schwarz-Weiß-Fotos von meinem Vater als kleinem Jungen und vom Hochzeitstag meiner Großeltern. Doch am meisten interessiert mich ein Foto: Großvater in Afrika, wie er ein Kamel am Halfter hält. Er schaut direkt in die Kamera und lächelt nicht. Ich will, dass er mir von Afrika erzählt, und vor allem, wie er von einem Skorpion gestochen wurde. Es war ein weißer Skorpion und er hatte sich in seinem Jackenärmel versteckt. Ich kann nicht fassen, dass er nur eine Spritze bekommen hat und das war's, geheilt. Für mich erscheint der Skorpion viel gefährlicher als alles andere in diesem Krieg, den ich noch nicht richtig verstehe, denn keiner redet darüber. Ich will genau wissen, wie es sich angefühlt hat, wie der Schmerz war, also von dem Skorpionstich. Drei Jahre war Großvater in Afrika, in der Nähe von Tripolis, das er »Trippollis«

ausspricht. Immer wieder muss er mir erzählen, wie er mit dem Zug bis nach Italien reiste und dann mit dem Schiff nach Afrika übersetzte. Bei der Wasserversorgung war er, und das ist auch alles, was er dazu zu sagen hat. Der »Afrikakorps« wird nie erwähnt. Nach drei Jahren Wüste wird er an die Ostfront nach Weißrussland geschickt. Er erzählt nicht gern davon. Später war er in britischer Gefangenschaft, und das ergibt für mich Sinn, denn Großbritannien gehört ja mit zur Riege der Kapitalisten. Trotzdem ist es alles sehr verwirrend.

»Opa, warst du auch Widerstandskämpfer?«

»Ach, Malchen ...«

Lange Zeit ist mir nicht klar, in was für einer Armee mein Großvater eigentlich gekämpft hat und wofür.

Dann kamen die Russen uns schon entgegen

Großvater hat keinen Arm und kein Stück Bein in Weißrussland gelassen, aber dafür einen Granatsplitter in der Armbeuge mitgebracht. Andere Großväter im Dorf haben hier einen Arm, da ein Bein, ihr Gehör, ihr Augenlicht im Krieg »verloren«. »Verloren«. So sagt man es allgemein. Als hätten sie es irgendwo einfach so liegen gelassen und vergessen. »Verloren« klingt nach Zufall. Es klingt nach: »Ich bin da irgendwie hineingeraten.« Abgefrorene Finger und Ohren liegen verstreut irgendwo in ukrainischer Schwarzerde, dem Brotkorb der Sowjetunion, wie wir in der Schule lernen. Was unsere Großväter im Krieg so gemacht haben, ist nie Thema, jedenfalls nicht im öffentlichen Leben. Zu Hause hin und wieder schon, aber nur auf meine spezielle Nachfrage.

»Der Onkel Alvin, als der aus der russischen Gefangenschaft kam, wie ein Skelett sah der aus. Dem konnte man das Vaterunser durch die Rippen blasen.«

»Aber warum haben die Russen ihn denn gefangen?«

»Ach, ... das verstehst du später mal. Wir konnten schon die Zwiebeltürme von Moskau sehen, so nah waren wir dran.«

»Und was passierte dann?«

»Ach Malchen, dann kamen die Russen uns entgegen.«

Der schwarze Hund

Es gibt eine Geschichte, die Großvater mir immer wieder und wieder erzählen muss, obwohl er das nicht so gern tut:

»Bevor ich zum Krieg musste, vor dem Zaun und dem Sperrgebiet, da musste ich immer von Kella nach Ershausen, zu Fuß durch'n Wald. Ich war ja Schlachter in Ershausen und musste immer schon früh raus und abends im Dunkeln zurück. Ich hatte ja kein Auto und kein Fahrrad. Und immer durch'n Wald, die Serpentinen hoch und runter. Und einmal, da war's schon dunkel, da lauf ich so den Hügel hoch durch'n Wald und auf einmal hör ich sowas hinter mir. Und wie ich mich rumdrehe, da steht ein großer, ganz schwarzer Hund vor mir und guckt mich an. Der war die ganze Zeit hinter mir. Da is mir ein Schauer über den Rücken gelaufen, sag ich dir, und eine Gänsehaut hatte ich! Dann hab' ich gesagt, ›Mach dich weg, du aaler Deibel!‹ Und da isser in'n Graben gesprungen und war einfach weg. Ich hab' nochmal geguckt, nein, weg war er, verschwunden. Und ich bin aber dann schnell nach Hause. Gerannt bin ich und hab gebetet, den ganzen Weg. Das war der Deibel, das weiß ich genau.«

Segen

Der Pfarrer kommt zu Besuch. Er kommt regelmäßig vorbei, um das Haus zu segnen, also nur das Stockwerk, wo meine Großeltern wohnen, denn bei uns unten würde es nichts nützen. Meine Mutter ist evangelisch und ich bin ein ungetauftes Heidenkind. Der Segen hält immer nur ein paar Monate. Wie immer, wenn wichtiger Besuch kommt, macht Großmutter einen Riesenaufstand: Die gute Stube wird aufgeschlossen, dieses kalte, ungemütliche Museum. Fenster auf, Staub wischen, die Kissen kriegen alle einen zackigen Handkantenschlag. Der Pfarrer hat eine komische hohe Stimme und ein sehr glattes Gesicht. Er steht in der Mitte des Raums in seinem schwarzen Kleid und singt etwas auf Lateinisch, macht das Kreuzzeichen und sprenkelt kaltes Wasser aus einem Metallding, das ich zu gern, aber auch zu gern mal in die Hand genommen hätte. (Bei Herrn Rosenstock habe ich im Schaufenster ein lateinisches Kurzwörterbuch gesehen, das muss ich haben!)

Kirchgänge

Regelmäßig nimmt Großmutter mich mit in die Kirche. Vielleicht versucht sie, meine ungetaufte Seele zu retten – und später meine falsch getaufte Seele. Auf jeden Fall gehe ich gern mit, denn in der Kirche kann ich mich so schön gruseln. Sprechen ist verboten. Gucken ist auch verboten, also zur Seite oder nach hinten gucken, wer noch alles da ist. Ich spüre die langen Reihen der anderen hinter mir und wie sie bestimmt denken: »Ach gucke mal an, die kleine Bierschenk, die is doch gar nit katholisch.« Ich muss immer wieder zu Großmutter hinsehen oder zu den anderen, um zu wissen, was man als Nächstes machen muss. Die anderen wissen das immer, warum nicht ich? Muss man dafür erst ein Buch lesen? Es ist ein einziges Hinknien, Aufstehen, Hinsetzen, Hinknien und so weiter. Dann diese ganzen Handzeichen. Angedeutete Faustschläge gegen die eigene Brust untermalt mit einem gemurmelten »durch meine Schuld, durch meine Schuld, durch meine große Schuld«. Aber schuld woran?

Beichtstuhl

Ich starre immer wieder zu diesem seltsamen Holzhäuschen mit dem violetten Vorhang, der in ordentlichen Falten bis auf den Boden herabhängt. Ein Häuschen aus dunklem, glatten Holz.

»Was is das?«

»Das is der Beichtstuhl.«

»Is da ein Stuhl drin? Was macht man da?«

»Da beichtet man. Man erzählt dem Pfarrer, was man Böses gemacht hat.«

»Muss ich da auch rein?«

»Nein, bei euch beichtet man nich.«

»Wieso? Kann ich trotzdem mal rein, bitte Oma, bitte, nur mal gucken.«

»Nein.«

»Was is eigentlich da hinter dem hohen Ding da vorn, wo der Pfarrer immer steht?«

»Hinter dem Altar? Nichts.«

»Kann ich mal gucken?«

»Nein.«

»Warum darf man nicht gucken?«

»Da darf nur der Pfarrer hin.«

»Und warum nich wir?«

Ich will sein, was du bist

Die Tatsache, dass ich nicht getauft bin, ist ein großes moralisches Problem für meine Großmutter und sorgt regelmäßig für Diskussionen im Haus. »Das Kind muss getauft werden, sonst können wir se nit uff'm Kerchhof begrab'n, wenn se stirbt.«

Also kommt meine Mutter eines Abends an mein Bett, seufzt und sagt, ich müsse getauft werden und das sei was ganz Tolles, denn dann könnten unsere Verwandten aus Westberlin kommen und ich würde viele Geschenke bekommen. Und sicher auch Westgeld. Und außerdem könne ich mir aussuchen, ob ich katholisch oder evangelisch sein wolle. Ich sehe meine Mutter kurz an und gehe die Vorteile der Taufe im Kopf durch. Dann sage ich zu ihr: »Ich will sein, was du bist.«

B1000

Jetzt wo ich getauft bin, stehe ich einmal in der Woche mit drei anderen evangelischen Kindern an der Bushaltestelle und warte auf den braunen B1000 des Pastors. Er fährt alle Dörfer ab, sammelt die evangelischen Außenseiter ein und dann geht es ins Pfarrhaus nach Bernterode zur Christenlehre. Ich fühle mich sehr besonders, weil wir so wenige sind und der Pastor uns höchstpersönlich abholt. Ich mag ihn, denn er trägt ganz normale Sachen, redet mit uns und macht Witze. Mit der Pastorenfrau singen wir, basteln und hören Geschichten von Abraham, Isaak, Josef und natürlich von Jesus. Dies sind für mich die schönsten Nachmittage überhaupt. Im Sommer gibt es zuerst auf der Terrasse Brause und Kuchen oder Kekse von der Pastorenmutter. Im Winter gibt es Kakao und Plätzchen. Zum Abschluss jeder Christenlehrestunde liest die Pastorenfrau immer ein Kapitel aus *Nonni* von Jón Sveinsson. Nonni lebt in Island! So unerreichbar wie der Mars. Die katholischen Kinder kennen Nonni nicht. Sie werden einmal in der Woche direkt nach der Schule vom gruselig schwarz gekleideten katholischen Pfarrer abgeholt und müssen Sachen aus dem Gesangbuch auswendig lernen. Ich bin so froh, so froh, dass ich nicht katholisch sein muss!

Kommunion

Ist die Zeit der Erstkommunion gekommen, spielt das ganze Dorf verrückt. Schweine werden geschlachtet, Blut gerührt, Würste gedreht, blecheweise Schmandkuchen gebacken und Westkaffee gekocht. Und jedes Jahr muss ich mit einem Stapel Glückwunschkarten, in denen, je nach Beliebtheitsgrad des Erstkommunionkindes, mehrere Geldscheine stecken, von Tür zu Tür. Ich radele also von hier nach da, verteile Karten und sacke dafür Süßigkeiten und Schmandkuchen ein. Und nie gehöre ich zu den Erstkommunionkindern, denn ich bin ja eine Evangelische geworden. Peinlich finde ich es, als die anderen Mädchen aus der Kirche schreiten in ihren weißen Kleidern, in denen sie wie Minibräute aussehen, und jede trägt eine hohe weiße Kerze vor sich her. Ich stehe irgendwo im Hintergrund, auf mein rotes Klapprad gelehnt, und glotze. Neidisch, wegen der vielen Westverwandtschaft, die mit dabei ist, und froh, dass ich nicht so ein bescheuertes Kleid anziehen muss, neidisch, dass ich nicht dazugehöre, und stolz, dass ich anders bin.

Angst

Angst gibt es immer und nicht wenig: Die Angst vor dem Atomkrieg, die Angst, meine Mutter fährt in den Westen und kommt nicht zurück, Angst, dass ich etwas Falsches sage, Angst, meine Eltern sterben, Angst vor dem lieben Gott, Angst vor schlechten Noten, Angst, nie gut genug zu sein, Angst vor der Leistungskontrolle, Angst vor Mathe-Olympiaden und Sportwettkämpfen, Angst, vom Lehrer angebrüllt zu werden, Angst vorm Zuspätkommen, Angst vor schwarzen Punkten und Strichen, Angst, dass die anderen mich auslachen, Angst, dass wir nur wegen mir nicht Brigademeister werden.

Schätze

Herr Rosenstock hat den besten Laden im ganzen Dorf. Ich gehe mindestens ein-, wenn nicht zweimal die Woche zu ihm, um mein Taschengeld in Büchern anzulegen, denn Bücher sind extrem billig. Und Herr Rosenstock hat von allem etwas: Weltmeere, Azteken, Inka, Märchenbücher, Naturfotografie. Ich stehe jedes Mal eine Weile vor dem Schaufenster und staune. *Fremde Pfade – ferne Gestade*, ein Buch über die ersten Entdeckungsreisen. Und dann gibt es noch sämtliche Berichte von Erich Wustmann, dem großen Ethnologen, über seine Reisen zum Amazonas: *Taowaki, Yahua, Die Blasrohr-Indianer, Arapu, Die junge Sonne Koata, Indianer, wo bist du*. Eine Frage beschäftigt mich sehr: Wie kam der Erich Wustmann dorthin? Wie hat er es angestellt, dass er an diese fernen Orte reisen konnte? Einmal gab es ein anatomisches Wörterbuch, und sogar das kaufte ich mir. Herr Rosenstock ist mein Bücherkönig. Mit seinem welligen grauen Haar, dem grauen Kittel thront er wie ein weiser Meister hinter seiner alten Registrierkasse. Und wenn er mir das gewünschte Buch reicht, dann tut er das mit einer erhabenen Geste, und mit einem Zwinkern, und dann lächeln wir uns an.

Amerika

Im Westfernsehen läuft eine Sendung über irgendeinen Nationalpark in den USA. Obwohl ich alles nur in Schwarz und Weiß sehen kann, bin ich ganz hin und weg von dieser Weite, dem Himmel, den Adlern, Bären, Bäumen und den Menschen, die englisch reden. Am Ende der Sendung weine ich. Ich weine wie ein kleines Kind und meine Mutter kommt schnell, um mich in den Arm zu nehmen. »Was ist los?«, fragt sie. »Ich kann nie nach Amerika, die lassen mich doch erst verreisen, wenn ich 'ne alte Oma bin. Bestimmt sterbe ich vorher. Ich kann da nie hin.« Meine Mutter legt den Arm um mich und sagt: »Du wirst das alles sehen, das verspreche ich dir. Das verspreche ich dir.«

Tollwut

Unser Dorf ist umgeben von dichtem Wald und der ist voller tollwütiger Rotfüchse. Wenn ich im Wald spazieren gehe, was ich oft tue, gehe ich nur bis zum ersten Warnschild »Achtung, Tollwutsperrbezirk!« Das erste Mal sehe ich die Tollwut, als mein Vater mit uns zur Apfelplantage fährt, die außerhalb des Dorfes liegt. Er wolle uns was zeigen. Wir laufen ein Stück den Weg hinauf, an einem Sommernachmittag, die Sonne steht schon über dem Wald. Dann hören wir einen furchtbaren Schrei und ein Rascheln im hohen Gras. »Bleib mal da«, sagt mein Vater, und ich weiß nicht, wen er meint, meine Mutter oder mich. Meine Mutter hält sich die Hand vor den Mund und ruft den Namen meines Vaters immer wieder gedämpft durch ihre Finger. Im Gras liegt ein Dachs, ein ziemlich großer, der sich hin- und herwälzt und schrecklich schreit und wimmert. Ich wusste nicht, dass Tiere so schreien können, dass Dachse solche Geräusche machen, dass Tollwut so weh tut. »Ich geb' dann dem Förster Bescheid«, sagt mein Vater, als wir wieder auf dem Heimweg sind.

Das zweite Mal sehe ich die Tollwut, als eines Morgens ein Reh bei uns am Haus vorbei die Straße runterstolpert. Es zuckt und torkelt, schlägt den Kopf hin und her und erst am Ende der Straße neben dem Briefkasten bricht es zusammen, wo es sich in schrecklichen Krämpfen windet. Irgendein Nachbar knattert auf seinem Moped los, den Förster holen, der kurze Zeit später mit seinem Lada vorfährt, das Reh begutachtet und schließlich mit einem Knüppel erschlägt. Schießen darf er im Dorf nicht. Meine Mutter sagt, dass der Tod für das Reh eine Erlösung ist, aber das leuchtet mir überhaupt nicht ein. Die Erlösung ist doch, gesund zu werden, weiterzuleben und nicht zu sterben, oder?

⋄ ⋄ ⋄

Da passiert nix Schlimmes

Und dann besucht uns die Tollwut eines Tages zu Hause. Als ich aus der Schule komme, ist der Tierarzt bei uns, was erstmal nicht ungewöhnlich ist, denn er ist mit meinen Eltern befreundet. Mein Vater guckt ganz ernst und hört dem Tierarzt zu und Mutter steht mit dem Rücken an die Spüle gelehnt und sagt zu mir, nicht Papa anfassen und Opa auch nicht. Das Schaf, das mein Vater und mein Großvater vor ein paar Tagen geschlachtet haben, hatte Tollwut. Aus einem Bauchgefühl heraus hatte mein Vater den Schafskopf zum Tierarzt gebracht, um ihn untersuchen zu lassen. Tja, und jetzt müssen er und Großvater jeden Tag ins eine Autostunde entfernte Nordhausen fahren. Siebzehn Mal hintereinander, so viele Spritzen bekommen sie, immer rund um den Bauchnabel. Ich habe Angst um die beiden, aber mein Vater beruhigt mich: »Da passiert nix Schlimmes«, sagt er. »Die Spritzen helfen, mir passiert nichts.« Das Schaffell, das mein Vater noch zum Gerben vorbereitet hatte, muss verbrannt werden. Und meiner Mutter fällt ein, dass sie gesehen hat, wie unsere Katze dran rumgekaut hat. Unser Nachbar hat einen Jagdschein und bietet an, die Katze zu erlösen. Mein Vater steckt die Katze in einen Sack und geht mit dem Nachbar ein

Stück den Weg hinterm Haus hinauf, Richtung Wald. »Komm, die erwisch ich so, mach ma' den Sack auf«, sagt der Nachbar. Die Katze schießt mit einem Satz heraus und flieht ins Unterholz. Wochenlang habe ich Angst vor Tollwut. Ich beobachte meinen Hund und unsere anderen Tiere genau. Haben sie Schaum vorm Mund? Zittern sie komisch? Darf ich sie überhaupt noch anfassen? Irgendwann hat mein Vater genug. Er greift sich unseren Hund Danny und lässt sich von ihm das Gesicht ablecken, beißt ihn ins Ohr, nicht fest, nur ganz sanft. »So«, sagt mein Vater, »denkst du, das würde ich machen, wenn der Hund Tollwut hätte?«

Maisprung

Seit dem Morgengrauen laufen mein Vater und ich durch den Wald, der tief ist und dunkel und voller Schleichwege. Ab und zu entdecken wir kleine Müllhalden, altes Geschirr, alte Waschmaschinen, Autoreifen. Hin und wieder die bekannten Warnschilder »Achtung, Tollwutsperrbezirk«. Mein Herz klopft ein paar Takte schneller bei jedem Knacken im Gebüsch und ich achte auf die Bewegungen meines Vaters. Er trägt einen Jägerrucksack, in dem ein paar Äpfel, eine Thermoskanne Tee und ein paar Brote eingepackt sind. Die Luft ist nass, frisch und duftet nach Laub. Er bleibt plötzlich stehen, hebt die Hand. Da trampelt eine Herde Mufflons vor uns über den Weg! Sie sind so nah und es sind so viele, ich bin ganz aufgeregt und will mir jedes Detail dieser Tiere einprägen, die leicht gebogenen Hörner und das dunkle zottige Winterfell, das in dicken verfilzten Flechten an ihnen herunterhängt. Dicke Tropfen platschen in die Traktorfurchen, über die ich balanciere und in Windeseile klaubt mein Vater ein paar dicke Äste zusammen, weist mich an, Tannenzweige zu sammeln und in weniger als fünf Minuten hat er uns einen Unterschlupf gebaut. Als Sitzpolster nehmen wir büschelweise Blätter und dann hocken wir nebeneinander in unserer Hütte, während sich der Himmel über uns öffnet. Mein Vater zerteilt einen Apfel mit seinem Taschenmesser, das ich so gern besitzen möchte, und lächelt mir zu. Ich schaue ihn an und denke, ja, das ist mein Vater.

Erde

Meine Mutter wirft einen Klumpen Ton auf die sich gemächlich drehende Töpferscheibe, legt den verkrusteten schwarzen Schalter

an der Seite um und der Motor jault, knirscht und kracht, während sich die Scheibe immer schneller und schneller dreht und die Hände meiner Mutter den Tonklumpen in einen geschmeidigen, glatten Ball verwandeln. Ganz langsam drückt sie eine Mulde in die Mitte des glatten Klumpens, der sich zu einem Loch vertieft. Die Seiten zieht sie vorsichtig mit den Fingern nach oben, stupst kleine Rillen hinein. Wieder legt sie den Hebel um und der Motor beruhigt sich mit Stottern und Ächzen. Mit einem Draht löst sie vorsichtig den ersten von insgesamt fünfhundert Bierkrügen von der Scheibe und stellt ihn auf eine Gipsplatte. Überall Regale, auf denen Tongefäße trocknen. Leise Musik dudelt aus dem tonverkrusteten Radio. An kalten Tagen heizt der kleine eiserne Bollerofen den Raum und ich sitze auf einem Hocker daneben und forme Fantasiefiguren, Untersetzer oder Puppentassen. Die fertigen Gefäße müssen abgerieben werden, überstehende Ränder werden vorsichtig entfernt und dann bemalt meine Mutter die Gefäße mit Blumen, Vögeln, Mustern. Wie ruhig ihre Hand ist. Wie sicher sie die Linien zieht. Wieder muss alles trocknen, bevor es in die wertvolle Glasur getaucht wird, die unsere Verwandten aus Westberlin bei jedem Besuch mitbringen. Dann endlich wird der Ofen bestückt und bei tausend Grad die Arbeit von Wochen dem glücklichen Zufall übergeben, denn wenn der Ofen morgens geöffnet wird, ist entweder alles heil oder alles zersprungen.

Legionär

Frau Ehrlich will Lehrerin werden und muss uns heute in Heimatkunde unterrichten. Es ist wohl so eine Art Prüfung und sie tut mir jetzt schon leid, denn keiner von uns nimmt sie richtig ernst. Dabei sind wir erst in der zweiten Klasse und noch harmlos. Wie dann wohl erst die älteren Schüler mit ihr umgehen? Sie ist zittrig und blass, das blaue FDJ-Hemd nicht gut gebügelt, das sehe ich gleich. Hinten im Klassenzimmer sitzen irgendwelche anderen Direktoren, Prüfer, wichtige Leute, die sehen wollen, wie Frau Ehrlich das macht. Sie hat heute verschiedene Uniformen mitgebracht und wir sollen raten, was für Uniformen es sind. Grenzsoldat, Volkspolizist, Kampfgruppe. Alle anderen melden sich wie verrückt und rufen durcheinander, nur ich nicht. Ich kenne diese Uniformen überhaupt nicht, na gut, die vom Volkspolizisten ist einfach. Doch da ist eine, die errät niemand. Hat noch keiner zuvor gesehen. »Schaut mal hier«, sagt Frau Ehrlich und lüftet das Schulterstück. Darunter ist roter Stoff zu sehen. Wo hab' ich das schon mal gesehen? Kommt mir bekannt vor ... Und da durchzuckt mich der Blitz der Erkenntnis. Ich springe hoch und renke mir beinah den Arm aus, so sehr will ich, dass sie mich drannimmt. Erwartungsvoll blickt sie mich an und ich sage: »Das ist eine römische Legionärsuniform!« Frau Ehrlichs Gesicht sackt für eine Sekunde nach unten. Alles redet durcheinander. Keiner weiß, was ein Legionär ist und Frau Ehrlich erlöst uns und sagt, es sei eine Feuerwehruniform. Meine Antwort ist falsch, aber dieser Stolz, dieser unbändige Stolz, dass ich eine Sache kenne, von denen die anderen noch nie gehört haben. Nach der Stunde muss ich natürlich nach vorn und Frau Ehrlich sowie den Hospitierenden erklären, woher ich das Wort »Legionär« kenne. »Hab' ich gelesen«, sage ich und damit ist das für mich erledigt. Ich weiß genau, dass ich nicht sagen darf, dass ich es in *Asterix und Obelix* gelesen habe, das meine Tante im letzten Westpaket geschickt hat.

Junge Sanitäter

Wenn ich Blut sehe, werden meine Hände kalt und schwitzig, in meinem Bauch beginnt dieses Kribbeln, das dann in Beine und Arme wandert, und ich weiß, gleich, ja, gleich ist es soweit, dann kommt die große Dunkelheit, die mir einen Sack über den Kopf stülpt und mich kopfüber aus dem Fenster hängt. Die Biolehrerin sagt mir immer schon vorher, dass ich lieber rausgehen soll, wenn irgendwas mit Blut oder Verdauungssystem oder sonst was behandelt wird. Und weil mir ständig alle sagen, ich sei zu empfindlich und müsse mir ein dickeres Fell zulegen, melde ich mich in der AG »Junge Sanitäter« an. Als Abhärtung. Da bekommen wir als erstes eine Art Uniform komplett mit Käppi. Dann natürlich das Pioniertuch und eine Sanitätstasche sowie eine Armbinde. Wir arbeiten zunächst das Sanitäter-Heft durch, in dem sämtliche Verletzungen und deren Erstversorgung behandelt werden: Schnitt-, Stich- und Risswunden, einfache Knochenbrüche, Splitterbrüche, offene Brüche, Schädelbasisbrüche, Brandwunden. Und es macht mir nichts aus, die dazugehörigen Abbildungen genau anzusehen. Auch das gegenseitige Verarzten ist okay. Doch dann kommt der Tag der praktischen Prüfung. Wir machen erstmal eine Wanderung in den Wald, bis wir auf einer Lichtung ankommen, auf der es aussieht wie nach einer Schlacht. Hier waren richtige Maskenbildner am Werk! Da hängen Fleischfetzen von Gliedmaßen, Arme sind vom Handgelenk bis zum Ellbogen aufgerissen, irgendein Opfer hat sogar den Unterschenkel verloren. Wir üben hier den Notfall nach einem Angriff der Amerikaner und so ungefähr könnten die Kriegsverletzungen aussehen. Wir müssen vorbereitet sein.

Spartakiade

Bisher habe ich mich erfolgreich vor sämtlichen Wettkämpfen drücken können. Egal ob Mathe-Olympiade oder irgendwelche Sportwettkämpfe. Und das, obwohl ich im Sport ziemlich gut bin und mein Vater auch noch Sportlehrer ist.

Seit ich fünf bin, gehe ich mit ihm zum Judotraining und bin mächtig stolz, dass ich das einzige Mädchen im Kurs bin und dann auch noch die Jüngste. Aber bei den Wettkämpfen mache ich nicht mit.

Dieses Mal muss ich leider dran glauben und mit zur Kinder- und Jugendspartakiade, und zwar in den Disziplinen Hochsprung und Staffellauf. Ich kann schon Nächte vorher nicht schlafen, weil ich Angst habe, dass ich nicht mithalten kann, dass ich irgendetwas falsch mache. Was, wenn ich die schlechtesten Ergebnisse habe, wenn ich Letzte werde? Ich habe keine Ahnung, woher diese Besorgnis kommt, sie ist einfach immer da. Doch als ich dann mit fünf anderen Schülerinnen am Morgen des Wettkampfes im Barkas nach Heiligenstadt sitze, finde ich es auf einmal nicht mehr so schlimm, eher im Gegenteil. Ich spüre plötzlich so etwas wie Stolz, dass ich für den Wettkampf aufgestellt wurde, und bin gespannt auf den Tag. Wir sitzen hinten im röhrenden Barkas und unterhalten uns so gut es geht, lachen sogar ein wenig. Es ist Spätsommer, die Sonne scheint und auf einmal scheint alles in Ordnung. Bis zu dem Moment, in dem ich auf die beturnschuhten Füße meiner Mitstreiterinnen blicke und mich ein Gedanke durchzuckt. Und der ist nicht gut, gar nicht gut. Ich krabbele nach vorn, wo

Frau Lorenz, unsere Sportlehrerin neben dem Fahrer sitzt. »Frau Lorenz«, sage ich, »Frau Lorenz, ich hab meine Turnschuhe vergessen.«

Ich versprech' dir, es gibt keinen Krieg

Ich habe vor vielen Dingen Angst, aber am meisten vor dem Krieg, der uns unwiderruflich bevorsteht. Manche Lehrer erzählen uns jeden Tag, dass der Dritte Weltkrieg wohl nicht mehr aufzuhalten ist. Es kann jederzeit soweit sein. Ich bekomme dann so eine große Angst, dass ich mich morgens kaum zur Schule traue. Bei jeder Atombombenalarmübung möchte ich vor Angst weinen. Ich will nicht mit den anderen in den Schulkeller, ich will lieber schnell nach Hause, denn sollte jetzt in diesem Augenblick die Bombe wirklich fallen, dann will ich zu Hause mit meiner Familie sterben. Vorher muss ich aber noch schnell meine kleine Schwester holen, aus dem Kindergarten, der noch mal ein ganzes Stück weg ist. Verdammt, das schaffen wir nie! Aber ich kann sie nicht allein dort im Kindergarten lassen, sie ist noch so klein. Ständig frage ich meine Mutter: »Gibt es Krieg, gibt es Krieg, gibt es Krieg?« Sie ist sauer auf die Lehrer, besonders auf Herrn Weil, der uns alle Details von der Wirkungsweise der Wasserstoffbombe erklärt und wie der amerikanische Präsident mit seinem Flugzeug vier Tage in der Luft bleiben kann und wieder runterkommt, wenn alle anderen Menschen tot sind und die Strahlung verflogen ist. »Ich verspreche dir, es gibt keinen Krieg«, sagt sie mir immer wieder. »Glaubst du, diese Politiker wollen selbst sterben? Nein, es gibt keinen Krieg!«

Der Amerikaner

Schon vor einigen Wochen hat Großmutter verkündet, dass an Großvaters Geburtstag ziemlich viel Westbesuch kommen wird, unter anderem Großcousine Soundso aus Hannover. Und Großcousine Soundso wird ihren Mann mitbringen – einen US-Amerikaner! Ich werde einen echten Amerikaner sehen und vielleicht sogar mit ihm sprechen! Darf der überhaupt hierherkommen? Sofort krame ich das Englischbuch hervor, das mir mal eine Westbekannte meiner Mutter mitgebracht hat. Nun sitze ich regelmäßig in meinem Zimmer und lerne Vokabeln auswendig. Obwohl Englisch eigentlich die Sprache des Feindes ist, werden wir ab der siebten Klasse Englisch in der Schule haben. Also ist das Lernen der Englischvokabeln nur so halb illegal: refrigerator, hippopotamus, biro, blanket. Wie würde ich den Amerikaner begrüßen? Meine Mutter bringt mir einen Satz bei: It's really nice to meet you. Aber wie soll ich es richtig betonen? It's really nice to meet *you*. oder: It's *really* nice to meet you.

Der große Tag ist ein Samstag und Gott sei Dank haben wir samstags nur vier Stunden. Ich habe natürlich allen in der Klasse erzählt, dass uns ein Amerikaner besucht und dass ich jetzt Englisch lerne. Endlich mal etwas, mit dem ich mir Respekt verschaffen kann, auch wenn Maik mir an den Kopf wirft: »Na und? Die wollen doch alle Krieg!« Klassenfeind oder nicht, in Wirklichkeit finden doch alle die USA toll, das kann mir keiner erzählen. *Ein Colt für alle Fälle* spielt schließlich auch in den USA! Nach der letzten Stunde renne ich nach Hause und sehe schon von Weitem, dass drei Westautos vor unserem Haus stehen! Der Ranzen landet in der Ecke und ich renne die Treppe hoch und in die gute Stube meiner Großeltern. Dort ist jeder Sofaplatz, jeder Stuhl und Sessel besetzt und da sitzt er, der Amerikaner. Er ist klein und dünn, hat schütteres graues Haar, eine Brille, die zu groß für sein Gesicht ist und ein sehr breites Lächeln. Seine Zähne sind erstaunlich groß und gelb. »Hi, I'm Bob«, sagt er und streckt mir seine Hand entgegen. »It's really nice to meet you«, sage ich und schüttle seine schmale Hand.

Swartz

An den darauffolgenden Tagen lasse ich Bob nicht aus den Augen, folge ihm auf Schritt und Tritt, sauge alles auf, was er sagt, beobachte ihn genau bei allem, was er macht. Leider möchte er Deutsch üben und muss aber immer wieder ins Englische flüchten, was mir nur recht ist. Ich rezitiere für ihn meine Vokabellisten und er korrigiert meine Aussprache mit der Geduld eines Schaukelpferdes. Einmal folge ich ihm sogar ins Badezimmer und er protestiert nicht. Er nimmt eine Plastikdose und schraubt sie vorsichtig auf. Darin ist feines schwarzes Pulver, wie Asche. »Look, swartz!«, sagt er. Er dippt seine Zahnbürste in das Pulver und putzt sich damit seine großen gelben Zähne. »Swartz!«, wiederholt er und schneidet Grimassen im Spiegel. Bob ernährt sich ausschließlich von Körnern und Gemüse, keine Wurst, kein Fleisch, kein Käse, keine Eier, keine Milch. Zum Glück hat er sich sein eigenes Essen mitgebracht. Ich finde das unglaublich faszinierend und meine Großeltern können es nicht fassen, dass es Menschen gibt, die kein Gehacktesbrot und rote Wurst mögen. An einem Nachmittag gehen wir gemeinsam spazieren und Bob zeigt alle paar Schritte auf diese und jene Pflanze, die man essen kann. Er steckt sie sich gleich in den Mund und kaut begeistert, aber ich kann nur daran denken, dass da vielleicht kurz vorher ein tollwütiger Fuchs raufgesabbert hat. Er zeigt meiner Mutter, wie man aus Löwenzahn Honigersatz macht und in unserem Küchenschrank stehen bald viele braune Papiertüten mit Hirse, Buchweizen, Haferflocken, Gerstenflocken, die mein Vater direkt beim Müller im Dorf kauft. Bob und seine Frau haben auch ein Baby, fast noch ein Säugling. Aber es ist nicht ihr eigenes Kind, sondern sie haben es erst vor Kurzem in Guatemala adoptiert. Bob ist das Zentrum meines Universums und als der Tag des Abschieds gekommen ist, weiß ich, dass ich Bob nie wieder sehen werde.

Westbesuch

Immer wieder renne ich zum Küchenfenster und drücke meine Nase an der Scheibe platt. Wo bleiben die nur? Vor Aufregung habe ich Bauchschmerzen. Was werden sie wohl alles mitbringen? Ich hab' mir Zeitschriften gewünscht, Aufkleber, Anziehsachen, Turnschuhe. Und dann höre ich endlich das tiefe unverwechselbare Brummen des Range Rovers und ich weiß, sämtliche Gardinen sämtlicher Fenster der Straße werden ruckartig zurückgezogen, denn einen echten Range Rover, den fahren nur unsere Westberliner Verwandten.

Ich renne zur Tür, über den Hof zum Tor und mein Herz schlägt so laut, ich habe Angst, dass jetzt noch irgendetwas passiert und sie vielleicht nicht anhalten und einfach weiterfahren, oder dass es irgendein anderes Auto ist und sie vielleicht doch nicht kommen. Meine Tante, mein Onkel, mein Cousin und meine Cousine. Ich kann mich nie entscheiden, wen von ihnen ich am liebsten habe. Sie bringen diesen Duft mit sich, diesen unvergleichlichen Westduft aus Duschbad, Parfüm, Weichspüler, gerösteten Kaffee, Haarspray. Sie sind alle braun gebrannt vom Italienurlaub. Meine Cousine trägt bemalte und zerrissene Jeans, mein Cousin Armeehosen. Die beiden haben eine Leichtigkeit und Coolness, die ich fast bis zur Selbstaufgabe kopiere. Der Range Rover ist vollgepackt mit Mitbringseln. Auf dem Küchentisch stapeln sich Früchte, Saftflaschen, Schokolade, Anziehsachen, Strumpfhosen, Zeitschriften, die ja eigentlich verboten sind, aber irgendwie durchkamen. Mein Cousin schenkt mir seine alte Bundeswehrkutte, von der aber erstmal unbedingt die winzig kleine deutsche Flagge abgetrennt werden muss, denn sonst gibt's Ärger in der Schule. Mein Gott, was wäre ich gern wie meine Cousine! Wie gern hätte ich ihre mit blonden Strähnchen durchsetzten Haare. Lässig wirft sie den Kopf zur Seite, wenn ihr die Ponyfransen ins Gesicht fallen. Meine Mutter besteht immer darauf, dass ich meine Haare zum Zopf flechte und einen Haarreifen trage, warum auch immer. Ich kann mich nicht entscheiden, neben wem ich beim Frühstück, Mittag, Abendbrot sitzen will. Immer wieder klettere ich in den Range Rover, atme den Ledergeruch der Sitze ein, öffne und schließe die Tür, staune, wie hoch man darin sitzt. Und dann machen wir eine Spritztour durch die Gegend, irgendwohin, und ich darf vorn sitzen. Alle, alle sollen mich sehen! Eine Woche lang leben wir wie auf einer winzigen bunten Insel in einem grauen Meer.

Hausbuch

Manchmal klingelt es noch spätabends an der Tür und dann sagt meine Mutter in diesem leicht verschwörerisch-warnenden Ton: »Frau Hege ist da!« Frau Hege hat irgendetwas mit Bürokratie zu tun, oder mit der SED, oder mit beidem. Jedenfalls sind meine Eltern immer etwas nervös, wenn sie kommt, denn sie kontrolliert den ganzen Papierkram, den meine Eltern im verbotenen Schubfach horten. Und vor allem kontrolliert sie das Hausbuch, in das sich jeder

Westbesuch ordentlich eintragen muss. Und da wir ziemlich oft Westbesuch bekommen, dauert es eine Weile, ehe sie jeden Eintrag durchgelesen hat. Meine Eltern sind immer extra höflich zu ihr und ich sage auch jedes Mal brav »'n Abend«. Wenn Frau Hege kommt, ist mir immer irgendwie komisch, so als ob ich etwas Schlimmes getan habe und noch nichts davon weiß. Frau Hege hat unglaublich faszinierende Zähne. Sie sind gelbschwarz und lang und der rechte oder linke Eckzahn ist halb goldfarben, hat einen komischen silberschwarzen Rand und wackelt wenn sie spricht. Außerdem macht sie ein komisches klickendes Geräusch wenn sie redet, es muss der Zahn sein, der den Takt schlägt. Sie bleibt oft stundenlang. Manchmal bin ich schon längst eingeschlafen und wache irgendwann auf, um ins Bad zu gehen, und dann höre ich immer noch ihre Stimme und das Klicken ihres Gebisses.

REISEN

Ungarn ist fast wie Westen

Ungarn ist flach und endlos mit einem gewaltigen Himmel, der sich über das Land spannt. Ungarn ist so, wie ich mir den Westen vorstelle oder Italien, obwohl ich weder das eine noch das andere Land kenne. Die Sprache, die überhaupt gar nicht wie Russisch klingt, mit vielen Üs und Ös finde ich wunderschön. Es ist warm und der Balaton ist ein bisschen wie das Meer. Es gibt Westcola und Westjoghurt und mehr als drei Sorten Eis. Vor allem aber gibt es Urlauber aus dem Westen, mit denen meine Eltern sich anfreunden, obwohl das eigentlich nicht erlaubt ist.

Spinnen und Mücken

Unsere Unterkunft ist ein weiß gestrichenes Häuschen mit einem Schlafraum und einem Wohnraum. Die Wände sind voller Dellen und Beulen, als wären sie lebendig. Ich streiche gern mit den Fingern darüber, so schön kühl und weich sind sie. Es gibt nur ein Problem, und zwar die Spinnen. In jeder Ecke, in jedem Winkel sitzen fette, schwarze Spinnen, die mein Vater jeden Tag beseitigen muss, denn sonst können meine Mutter und ich nicht schlafen. Aber die Spinnen kommen immer wieder. Alles Gerede meines Vaters, dass sie die Mücken fressen, die jeden Abend und nachts in Schwärmen über uns herfallen, nützen nichts, denn so viele Mücken kann keine Spinne fangen. Abends sitzen die Camper und noch andere Touristen um viele kleine Lagerfeuer und schwenken an Strippen befestigte Konservendosen durch die Luft. Aus den Büchsen kommt Qualm, der die Mücken vertreiben soll. Aber es nützt nichts. Der Balaton gehört den Mücken und den Spinnen. Sie dulden uns nur.

Marika

Marika ist etwas älter als ich und hat dicke schwarze Zöpfe, braune Haut, große dunkle Augen, ein breites Lächeln und einen roten Rock mit weißen Punkten. Ich kann nur auf diesen Rock starren und bitte Marika sich zu drehen, immer wieder und wieder, weil ich mag wie er um ihre braunen Beine fliegt, wie die Punkte verschmelzen. Wir lachen und kichern, bis wir Seitenstechen haben. Marika ist die älteste Tochter der Roma-Familie, die wir während unseres Urlaubs am Balaton besuchen. Ich weiß nicht, woher meine Eltern sie kennen, aber ich wünschte, wir könnten die ganze Zeit bei ihnen wohnen. Ihr Haus hat zwar nur ein großes Zimmer, in dem nicht viele Möbel stehen, aber ich finde es schön. In dem Zimmer steht ein Fernseher mit flimmerndem Bildschirm. Auf einer Decke auf dem Fußboden liegt ein dickes Baby in einem gestrickten Strampelanzug und rudert mit Armen und Beinen. Sie haben zwei wunderschöne Pferde, einen Schimmel und einen Braunen. Einer der Söhne zeigt mir Kunststücke auf dem Pferd, er jongliert mit Maiskolben und schlägt Purzelbäume in der Luft. Ich komme aus dem Staunen gar nicht mehr heraus und will bei diesen Kindern

wohnen, will so sein wie sie, vor allem möchte ich auch lange schwarze Haare haben und nicht kurze dünne blonde, und einen roten Rock mit weißen Punkten, wie Marika. Der Vater der Familie zeigt meinen Eltern seine Arbeiten aus Ton, denn er ist Töpfer wie meine Mutter. Er hat eine selbstgebaute Töpfermaschine, die mich nicht interessiert. Ich will lange schwarze Zöpfe haben, richtig Ungarisch sprechen können und am allermeisten möchte ich das kleine rostige Kinderfahrrad haben, das an der Wand lehnt. Die Großmutter ist gerade dabei, vor dem Haus zu fegen und zu wischen und spricht dabei laut mit sich selbst. »Gibst du mir dann das Fahrrad?«, frage ich sie auf Deutsch und sie antwortet mir auf Ungarisch. »Ja okay«, sage ich, »aber wenn du fertig bist, gibst du es mir, ja?«

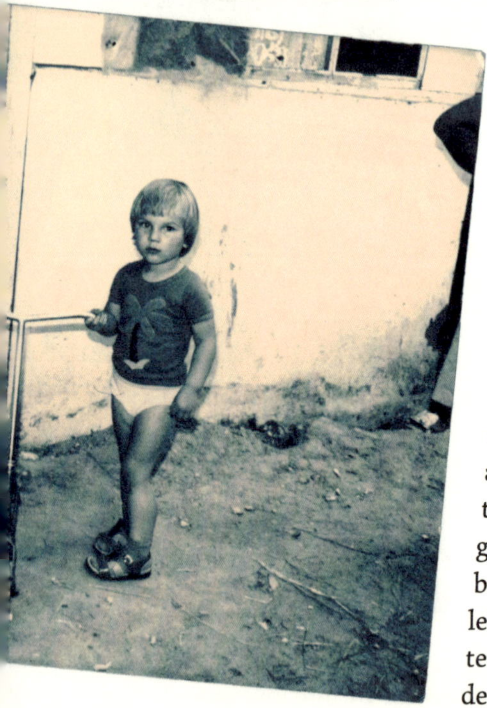

Gelbe Unterhosen

Wir haben eine versteckte Badestelle am See gefunden, die nicht von Handtüchern und halb nackten oder nackten Urlaubern besetzt ist. Meine Eltern lassen sich erleichtert auf unsere große Decke sinken, meine Mutter schließt die Augen und mein Vater schaut die Wolken an. Da ist sogar ein kleiner Sandstrand, an dem ich spielen kann, und Schilf und Gebüsch, um Frösche und Ringelnattern zu jagen. Wir sind gut geschützt, niemand wird diese geheime Stelle entdecken. Ich bin gerade dabei, eine Kleckerburg zu bauen, als drei junge Mädchen und eine gewaltige dicke alte Frau an mir vorbei ins Wasser laufen. Sie tragen Wassereimer und gehen unter großem Gekicher und Geschnatter ins Wasser, komplett mit Anziehsachen. Sie gehen kerzengerade, werfen ihr dickes, glänzendes, schwarzes Haar zurück und ihre bunten Röcke schwingen um ihre braungebrannten Beine. Die dicke alte Frau schreitet langsam und behäbig ins Wasser. Rafft dabei mehrere Lagen an Röcken hoch und stakst wie ein Storch. Ich kann mich an den Mädchen nicht sattsehen. Ihre weiten Blusen sind mit Blumenmustern bedruckt und kleben nass an ihren Körpern. Sie waschen ihr langes schwarzes Haar im See. Mein Gott, ich will auch solche Haare haben, doch meine sind fein, dünn, blond, wie Federn. Die Mädchen winken in meine Richtung. Was, wenn sie Nixen sind? Wassergeister? Für einen Moment habe ich nämlich das Gefühl, als ob nur ich sie sehe – meine Eltern scheinen gar nichts mitzubekommen. Da kommen plötzlich vier oder fünf kleine halbnackte, braungebrannte Kinder angerannt. Sie alle tragen hellgelbe Unterhosen und springen unter großem Gekreische ins Wasser. Ich sitze einfach nur da und schaue mir alles an. Den See, den Himmel, die Wassernixen und ihre kleinen, gelb behosten Kinder, die Nixengroßmutter, die ihre Bahnen durch das Wasser stakst. Schließlich kommen die Mädchen langsam aus dem Wasser, ihre Röcke tropfnass, das schwarze Haar klebt an ihren Rücken. Sie füllen ihre Wassereimer und winken den kleinen Kindern zu, mitzukommen. Ich bin unendlich neidisch, dass die alle in Sachen oder nur in Unterhosen baden dürfen und nicht hinterher sofort die nassen Sachen ausziehen müssen und trocken gerubbelt werden. Das würde meine Mutter niemals erlauben, vor lauter Sorge, dass ich mich sofort erkälten würde, auch bei dreißig Grad. Wenn ich doch auch so schön werden könnte wie diese Mädchen! Da sehe ich etwas Gelbes im Wasser schwimmen und ein freudiger Schreck durchzuckt mich. Eine gelbe Unterhose, die eines der Nixenkinder verloren hat. Wenigstens die kann ich haben, dann bin ich ein bisschen wie sie! Schnell fische ich die Hose aus dem Wasser, wringe sie aus, doch als ich sie gerade überstreifen will, durchschneidet die Stimme meiner Mutter den Sommertag. »Auf gar keinen Fall!«

Otto

Ich spiele stundenlang im flachen Wasser, plansche rum, baue Burgen. Ich will am liebsten in diesem Wasser essen, schlafen, leben, hier im sanften kühlen Sandmatsch. Ich vergesse alles um mich herum, bis Otto mir den Spaß verdirbt. Otto ist ein weiß-roter Hubschrauber, der jeden Tag um die gleiche Zeit seine Runde über den See dreht. Und wenn Otto kommt, dann heißt das, ich muss aus dem Wasser. So hat meine Mutter das festgelegt. Es ist Gesetz. Otto kommt, ich muss raus. Warum wir ihn Otto nennen, weiß ich nicht, und ich weiß auch nicht, warum die anderen Kinder nicht aus dem Wasser müssen.

◈ ◈ ◈

Der Onkel

Meine Eltern haben irgendwie einen Ferienplatz in der Hohen Tatra ergattert. Wie immer, wenn wir verreisen, bin ich auf der Rückbank des Trabbis in ein bauschiges Federbett eingepackt und soll schlafen, dabei will ich lieber die ganze Zeit aus dem Fenster gucken. Doch egal, wie sehr ich mich anstrenge, irgendwann muss ich eingeschlafen sein, denn plötzlich fährt das Auto sehr langsam und als ich mich aufsetze, sehe ich eine lange Schlange von Autorücklichtern vor uns in der Nacht. Wir sind an der Grenze zur ČSSR und stehen im Stau. Ich wühle mich aus dem Federbett. »Leg dich mal wieder hin«, sagt meine Mutter, »wir werden gleich kontrolliert.« Plötzlich klopft jemand an die Scheibe auf der Seite, wo meine Mutter sitzt, und sie kurbelt hektisch das Fenster herunter. Ein junger Grenzsoldat leuchtet mit einer sehr hellen Taschenlampe ins Innere unseres Autos und sagt: »Nur Sie beide?« »Ein Kind«, sagt meine Mutter, und er wiederholt: »Ein Kind? Und weiter keins?« »Na erstmal nicht«, versucht mein Vater zu scherzen und der Soldat lacht tatsächlich und lässt uns weiterfahren. Es wird schon hell, als wir in unserer Unterkunft ankommen, so einer Art Jugendherberge. Und meine Eltern wollen trotz durchwachter Nacht nicht schlafen gehen, denn sie warten auf irgendjemanden. In unserem Zimmer steht ein Klavierhocker, den ich hoch- und runterdrehe. Ich laufe ein bisschen herum und suche andere Kinder, entdecke aber keine. In der Gemeinschaftsküche schneidet eine junge Frau Weißbrot und Salami und ich hoffe, dass sie mir etwas anbietet, tut sie aber nicht. Als ich ins Zimmer zurückkomme, sitzt da ein fremder Mann auf dem Drehhocker. Er unterhält sich leise mit meinen Eltern und ich stehe in der Tür und weiß nicht so recht, was ich tun soll. Der Mann erinnert mich irgendwie an Oma Oranienburg. Er hat ihre Augen. »Komm mal her«, sagt meine Mutter, »das ist dein Onkel Michael aus Westberlin.«

Russenflugplatz

Mehrmals im Jahr besuchen wir meine andere Großmutter in Oranienburg. Ich nenne sie Oma Oranienburg. Ihr Haus ist in einer Gegend, wo es nur Sandstraßen gibt und den Oder-Havel-Kanal, an dem ich jeden Tag herumstromere und Frösche fange, angeln gehe und Sandburgen baue. Im Kanal zu schwimmen, traue ich mich nicht, weil das Wasser dunkel und modrig ist und ich Angst vor Blutegeln habe. »Auf der anderen Seite des Kanals liegt der größte sowjetische Militärflugplatz der DDR«, sagt Oma. Die sowjetischen Soldaten radeln auf klapprigen Fahrrädern hin und her, und ich bin immer ganz aufgeregt, wenn ich ihre Sprache höre, die mir so gefällt. Wenn es dunkel wird, gehen die Manöver auf dem Russenflugplatz los. Oma und ich sitzen am Fenster und beobachten die rot und grün blinkenden Lichter am Himmel. Die Hubschrauber füllen mit ihrem Brummen den Nachthimmel und es gibt mir ein wohlig-schauriges Gefühl. Ich fühle mich ganz, ganz sicher bei so vielen Soldaten um uns herum, aber Oma sagt: »Die üben für den Dritten Weltkrieg.« Ich wünschte, sie würde das nicht sagen.

Schrippen aus der Mordvilla

Morgens fährt Oma mit dem Rad zur Mordvilla, um Schrippen zu holen. Die Schrippen aus der Mordvilla sind unschlagbar lecker. Sie sind außen knusprig und warm und innen fluffig und noch fast heiß. Und sie duften, sie duften so gut! Ich beiße ein Loch hinein und höhle die Schrippe komplett aus, rolle den warmen Teig zwischen den Fingern, lege ein paar Kügelchen beiseite, die ich später als Köder zum Angeln nehmen werde. Wenn man die noch warmen Schrippen mit Butter bestreicht, dann schmilzt sie sofort in den Teig hinein. Honig und Butter verschmelzen und tropfen einem vom Kinn. Um zur Mordvilla zu gelangen, muss Oma mit dem Rad die Sandstraße am Kanal entlang, nicht auf der Russenseite, auf unserer Seite, dann einmal links am Wäldchen vorbei. Die Mordvilla ist ein hohes Haus, genauso kaputt, abgeschabt, abgeblättert und durchlöchert wie fast alle anderen Häuser in diesem Land. »Das war früher mal 'ne richtig schicke Villa«, sagt Oma. Und jetzt – trauriger, kaputter Spritzbeton, Fensterrahmen, von denen Wind und Regen geduldig die Farbe abpellen. Wir nennen das Haus Mordvilla, weil dort mal jemand ermordet wurde. Im Obergeschoss wohnt eine Familie und unten ist ein Konsum. Einmal begleite ich Oma dorthin. Der Konsum besteht aus einem einzigen kleinen Raum, in dem es nach Essig und fauligen Kartoffeln riecht. Die Einkaufskörbe sind aus rotem Plastik mit klebrigen schwarzen Henkeln. Alle Regale sind wie leergefegt, nur Mehltüten gibt es, viele Mehltüten. Eine Tüte ist aufgeplatzt, doch es scheint niemanden zu interessieren.

»Ach Kind, ick muss immer weenen«

Wenn Oma lacht, dann lacht sie mit ihrem ganzen Körper. Das Lachen schüttelt sie wie ein kleines Erdbeben und ihr laufen die Tränen übers Gesicht. Man kann nicht anders, man muss mitlachen. Ständig bitte ich sie: »Erzähl mir von früher, als du ein Kind warst, vom Krieg, von der Flucht.« Und Oma erzählt. Wie sie schon mit neun Jahren auf dem Feld arbeiten musste, mit zehn Jahren als Dienstmädchen beim Pfarrer. Später die Flucht, ein Baby im Arm, ein Kind an der Hand. Hans, das Pferd, hat den Wagen gezogen. Die Toten, die Angst vor den Russen, und immer Hunger gehabt, immer Hunger. Und keiner wollte sie haben, keiner wollte Flüchtlinge haben. Dann ist sie still und schunkelt leicht hin und her, dreht ihre Daumen umeinander und sagt: »Neeneenee, wat der Mensch ertrag'n muss, neeneenee.« Und manchmal weint sie, wegen den schlimmen Sachen, die passiert sind. Dann

nehme ich ihre harten, ledrigen Hände in meine. »Oma, wein doch nich.« »Ach Kind, ick muss immer weenen, und ick hab immer so 'ne dolle Angst.« Oma hat immer Angst, dass sie aus Versehen etwas falsch macht und bestraft wird. Dass sie ein Formular falsch ausfüllt, aus Versehen zu wenig oder zu viel sagt und, und, und. Mein Onkel Michael, den wir damals in der Hohen Tatra heimlich getroffen haben, war im Gefängnis, weil er versucht hat, in den Westen abzuhauen, und sie zeigt mir seine Briefe aus dem Knast. Jetzt ist er schon lange in Westberlin, aber Oma hat jeden Tag Angst um ihn, um »ihren Jungen«.

Am Kanal

Die ganze Nacht brummen die Russenhubschrauber am Himmel, im Garten zirpen die Grillen und am Kanal quaken die Frösche. Die Nächte bei Oma sind voller Geräusche, doch es sind die Geräusche des Sommers, es sind meine Feriengeräusche und ich fühle mich zu Hause und sicher, wenn ich sie höre. Ich kann ohne diese Geräusche nicht einschlafen. Gleich nach dem Frühstück will ich zum Kanal, Frösche fangen. Der Kanal ist ein Seitenarm der Havel und die natürliche Grenze zum Russenflugplatz.

Auf die andere Seite darf man nicht. Manchmal schwimmen die größeren Kinder ans andere Ufer, als Mutprobe. Meine Ostcousine und ich kämpfen uns durch die dicht bewachsene Uferböschung, entdecken Trampelpfade zum Wasser und lauern dort auf Frösche – wunderschöne, hellgrüne Laubfrösche mit gelb-schwarzen Augen, schwarz-braune, gefleckte Grasfrösche, laut quakende Wasserfrösche. Hin und wieder sehen wir eine Ringelnatter im Wasser. Der Moment des Triumphes, wenn wir einen Frosch mit bloßen Händen gefangen haben, ihn genau untersuchen und wieder freilassen! Am liebsten fangen wir die Babyfrösche, die ich mit in Omas Garten nehme und dann in der Zinkwanne aussetze. Hin und wieder gehe ich auch angeln, mit der selbstgebastelten Angelrute, die immer in der Hausecke neben der Regentonne steht. Ich fange Barsche und Rotfedern und Plötzen. Die bekommt dann Lieschen, Omas Katze. Der Kanal riecht nach Moder, Sand, Heu, verrotteten Muscheln. Am kleinen Sandstrand bauen wir Kleckerburgen und ich gehe mit den Füßen ins dunkle Wasser. Drei Birken stehen an diesem kleinen Strand, die so dicht zusammengewachsen sind, dass sie in der Mitte eine Art natürlichen Sitz bilden, in dem ich es mir bequem mache und die Russenseite beobachte, ohne gesehen zu werden. Wir gehen immer nur links vom Strand auf Entdeckungsreise, nie rechts. Rechts ist es nämlich nicht weit zu den Russenkasernen und der »weißen Stadt«, wo die Offiziere wohnen.

Vogelsdorf

Oma Oranienburgs Mutter, meine andere Uroma, lebt in einem Pflegeheim in Vogelsdorf. Vogelsdorf klingt schön. Ich stelle mir vor, dass es dort viele, viele Vögel gibt, die den ganzen Tag um die Wette singen, und zwar so sehr, dass es die Leute, die dort leben, schon ein wenig nervt. Ich habe diese andere Uroma nie gesehen, aber Oma Oranienburg erzählt oft von ihr. Meistens erzählt sie, wie streng sie war, wie viel sie geschimpft hat. Ich habe sie einmal fast gesehen, nämlich als Oma und meine Mutter ein Telegramm aus dem Pflegeheim bekamen und auf einmal dringend dorthin fahren mussten. Ich wollte unbedingt mit, ich wollte endlich meine andere Uroma, diese strenge Frau, kennenlernen. Im Pflegeheim musste ich mich sofort auf einen Stuhl im Treppenhaus setzen und Oma und meine Mutter mussten erst in irgendein Büro und dann in das Zimmer von Uroma. Ich durfte nicht mit rein ins Zimmer. »Das musst du nicht sehen«, sagte meine Mutter. Was meinte sie denn, was war denn »das«? Ich hatte mich so darauf gefreut, Uroma endlich kennenzulernen. Die beiden blieben lange in Uromas Zimmer und die alten Leute fingen an, mich Sachen zu fragen, wie ich heiße, mit wem ich hier bin. »Ach die Frau Cichy, ach das ist aber traurig, sehr traurig.« Dann kam endlich meine Mutter aus dem Zimmer und war ganz verweint. »Ist Uroma gerade gestorben?« wollte ich wissen. »Nein«, sagte meine Mutter und wischte sich die Augen. »Ja und warum weinst du dann jetzt schon?«

Hexen

»Nach der Flucht, als wir nach Feldberch kamen«, erzählt mir Oma, »da kam eine Frau auf den Hof, wo wir unterjekommen sind, und wollte uns begrüßen. Und als sie wieder weg war, war die ganze Milch sauer, die ich gerade gemolken hatte.« Ich glaube, dass es Hexen gibt. Und Oma Oranienburg glaubt das auch. Sie hat immerhin schon einiges erlebt und muss es wissen. Sie glaubt an Verwünschungen und den bösen Blick. Es gruselt mich so schön, wenn Oma mir davon erzählt. Ich weiß ja, wie ich mich gegen Verwünschungen schützen kann, mit dreimal ausspucken oder eine Socke verkehrt herum anziehen. Das Haus direkt neben ihrem Grundstück ist hundertprozentig ein Hexenhaus. Es hat die Form von Baba Jagas Haus, mit einem geschwungenen Dach und Fensterläden, ist über und über mit Ranken bewachsen, und die Hecke, die Omas Grundstück vom Hexenhaus trennt, ist so dicht und hoch wie bei Dornröschen. Manchmal gehe ich heimlich ganz dicht an die Hecke und versuche, dahinter etwas zu entdecken. Im Hexenhaus leben zwei Frauen, Ursel und ihre olle Mutter. So nennt Oma sie. Ursel sieht man hin und wieder. Sie ist klein, blass und dünn, trägt eine sehr große runde Brille und hochtoupierte Haare, so dass es aussieht, als ob sie nur aus Brille und Frisur bestehen würde. Aber die olle Mutter, die ist eine ganz andere Geschichte. Man sieht sie so gut wie nie. Nur einmal, da habe ich von Omas Badezimmerfenster aus gesehen, wie sie genau gegenüber am runden Dachbodenfenster stand und zu mir herüberstarrte. Uralt sah sie aus, als hätte man Haut über einen Totenschädel gespannt und noch ein paar graue Strähnen drangeklebt. Eine Bilderbuchhexe. Oma glaubt fest, dass die olle Mutter zumindest ein wenig zaubern kann, denn es sind über die Jahre immer wieder schlimme Dinge passiert, kurz nachdem die olle Mutter mal bei ihr geklingelt hat oder irgendetwas über den Gartenzaun gerufen hat.

Omas Hund ist gestorben, die Kaninchen sind eingegangen, mein Onkel hat sich beim Fahrradfahren das Bein gebrochen. »Das war der böse Blick von der ollen Mutter«, sagt Oma.

Für seine Frau

Wenn die Soldaten auf ihren Klapperrädern auf der anderen Seite des Kanals entlangfahren, singen sie laut, unterhalten sich, lachen. »Das ist für sie die schönste Zeit am Tag«, sagt Oma, »wenn sie mit dem Rad am Kanal langfahren können.« Wenn ich mit dem Fahrrad an den Baracken der Soldaten vorbeifahre, sehe ich, dass sie statt Gardinen oder Vorhängen Zeitungspapier vor den Fenstern haben. Einmal helfe ich Oma im Garten Unkraut jäten. Die Rosen sind in voller Blüte, rosa, gelb, hellrot, dunkelrot. Oma hat so viele wunderschöne Rosen, man ist ganz benebelt vom Duft und die Bienen und Schmetterlinge torkeln von einer Blüte zur nächsten. Da steht auf einmal ein junger Sowjetsoldat am Zaun und winkt uns zu. Sein Gesicht ist rund und glatt und freundlich. »Entschuldigung«, sagt er und zeigt auf die Rosen, »Mozhno? Dlja shenu?« Es ist das erste Mal, dass ich einen Vertreter des Großen Bruders einfach so sehe, im richtigen Leben, ganz unorganisiert, und dass ich diese Sprache, die mir so vertraut und doch fremd ist, in einer ganz normalen Situation höre. »Eine Rose für seine Frau, Oma, er möchte eine für seine Frau.« »Ich weiß«, sagt Oma, »ich weiß«, schneidet gleich ein paar Rosen ab und reicht sie ihm über den Zaun.

Opa Oranienburg

Opa Oranienburg hat mich noch nie angelächelt, nie angesehen, nie mit mir gespielt. Ich habe nie auf seinem Schoß gesessen, er hat mir nie eine Geschichte erzählt, nie Quatsch mit mir gemacht. Auch schon bevor er krank wurde, hat er mich kaum beachtet und ich bin ihm immer aus dem Weg gegangen. Alle nennen ihn nur »Vater«. Meine Mutter nennt ihn »Vater«, obwohl er nicht ihr richtiger Vater ist, mein Vater nennt ihn »Vater«, und sogar Oma Oranienburg nennt ihn »Vater«. Er hat eine Krankheit, die ihm nach und nach das Gehirn durchlöchert und kein Arzt weiß, was für eine Krankheit es ist. Zuerst nimmt ihm die Krankheit die Sprache und gibt ihm dafür Röcheln, Grunzen und Krächzen. Dann nimmt die Krankheit ihm

den Schluckreflex und Oma muss ihm alles pürieren. Wir sitzen am Mittagstisch und essen und Opa Oranienburg löffelt püriertes Fleisch und Kartoffeln, wobei ihm die Hälfte wieder aus dem Mund läuft und zurück in die Schüssel platscht. Und wir alle versuchen es zu ignorieren, aber ich muss trotzdem immer hinsehen. Irgendwann will er nicht mehr mit uns essen. Dann nimmt die Krankheit ihm die Fähigkeit, Dinge festzuhalten, und gibt ihm dafür ein großes Zittern, so dass er auch nicht mehr schreiben kann. Ihm bleibt nur das Fernsehprogramm. Niemand kann mir erklären, was hier los ist, was er hat, warum sein Körper langsam aufgibt. Das Ganze zieht sich über fünf

Jahre hin, in denen Opa Oranienburg langsam verhungert. »Wenn er doch bloß erlöst würde, wenn er doch bloß erlöst würde, wat muss ein Mensch sich so quälen«, weint Oma. Sie zeigt mir Fotos von ihm und ich staune, was für ein gut aussehender, großer Mann er war, der anscheinend viel und gern lachte. Er war Kutscher und immer mit dem Pferdewagen unterwegs, um Lieferungen hierhin und dorthin zu bringen. »Nach Sachsenhausen hat er Essen geliefert«, sagt Oma, »ins Kazett, und dann hat er immer erzählt, wie sich die armen Menschen auf das letzte Stückchen Brot gestürzt haben, wenn da noch wat aufm Wagen lag.« An Turnieren hat er teilgenommen, mit Vierspännern, in einer schicken Kutscheruniform mit Zylinder. Weil ich komplett vernarrt in Pferde bin, stelle ich mir vor, dass die Liebe zu Pferden vielleicht die eine Sache ist, die uns verbinden könnte. Aber die Krankheit hat etwas dagegen. Opa Oranienburg kann mir nichts von seinem Leben als Kutscher und seiner Liebe zu Pferden erzählen.

◈ ◈ ◈

Dünn

Ich sitze versteckt hinter der Regentonne im Garten und weine still vor mich hin. Ich wollte noch vor dem Frühstück Johannisbeeren pflücken. Doch jetzt steht Opa Oranienburg draußen am Wasserhahn und wäscht sich das Gesicht. Er hat mich nicht gesehen. Er trägt einen gestreiften Schlafanzug und er ist dünn, so furchtbar dünn und so groß. Seine Hände zittern und das Wasser läuft ihm weg, bevor er sein Gesicht richtig nass bekommt. Das Wasser spritzt seinen Schlafanzug voll, der an seinem dürren Körper flattert. Ich weine still und wünschte, ich wüsste mehr über ihn. Ich weiß, dass er Pferde mag, Kutscher war, dass er früher ins Kazett Essen geliefert hat, dass er gern getanzt hat. Ich kenne eigentlich nur seinen Namen, aber ich weiß nicht, wie alt er ist. Ich würde gern zu ihm gehen und ihm ein Handtuch geben. Aber ich bleibe hinter der Regentonne sitzen und warte und weine, bis er endlich ins Haus geht.

◇ ◇ ◇

Buch

Opa Oranienburg liegt in einem dunklen Krankenzimmer in Berlin Buch. Komischer Name. Sein Kopf scheint sehr klein auf dem großen weißen Kissen. Durch das geöffnete Fenster höre ich den Spätsommerwind in den trockenen Blättern der Bäume flüstern. Die Erwachsenen unterhalten sich leise, und Opa Oranienburg kann nur noch nicken, den Kopf schütteln und grunzen. Oma versteht alles, was er sagt, und übersetzt. Immer noch weiß keiner, was er hat. Man vermutet, es ist eine Krankheit mit einem komplizierten Namen, Kreuzfeld irgendwas. Als ich zu ihm gehe und »na Opa« sage, lächelt er mich zum ersten Mal in meinem Leben an. Zumindest glaube ich, dass er mich anlächelt. Aber vielleicht verwechselt er mich auch mit einer meiner Westcousinen, die er lieber mag. Und da weiß ich, dass es jetzt nicht mehr lange dauert, bis er stirbt.

Kopflos

Bei seiner Beerdigung sind alle Verwandten aus Westberlin und Westdeutschland da, auch meine beiden Westcousinen, und alle weinen und weinen, und ich strenge mich furchtbar an, traurig auszusehen. Meine einzige Ostcousine und ich gehen zusammen zum Grab und werfen eine Handvoll Sand auf den schwarzen Sarg, auf dem ein Strauß weißer Rosen liegt. Der Sand fällt genau auf die Rosen, die nun nicht mehr schön aussehen, sondern schwarz gesprenkelt. Später höre ich, wie Oma jemandem zuflüstert, dass Opa ohne seinen Kopf beerdigt wurde.

Wohnmobil

Oma Oranienburg kann seit ein paar Nächten noch schlechter schlafen als sonst. Aber diesmal nicht, weil sie Angst hat, sondern weil sie aufgeregt ist. Ihr einziger Sohn kommt zu Besuch. Mein Onkel Michael, der von damals in der Hohen Tatra. Dieser einzige Sohn war von der Stasi eingesperrt worden und wurde irgendwann nach Westberlin »freigekauft«, kurz bevor ich geboren wurde. Dieser Onkel, mein einziger Onkel, durfte seitdem nicht mehr in die DDR kommen. Doch nun hat er zur Beerdigung von Opa Oranienburg die Erlaubnis erhalten. Allerdings nicht direkt zur Beerdigung, sondern ein paar Tage später. »Das machen die mit Absicht«, sagt Oma Oranienburg. Sie erzählt, dass die Frau meines Onkels ganz lange schwarze Haare hat, wie eine Indianerin, und dass sie ein Wohnmobil haben, mit dem sie immer nach Italien fahren. Bestimmt kommen sie aber mit ihrem normalen Auto, denn das Wohnmobil würden die Grenzer sicher komplett auseinandernehmen und lange durchsuchen. Ich wünsche mir nichts sehnlicher, als dass sie auf diesem kleinen Haus auf Rädern kommen, das angeblich sogar Dusche und Toilette hat! Vielleicht lassen sie mich sogar darin übernachten? Wir stehen beide am Gartenzaun, Oma plaudert mit der Nachbarin, von der ich immer noch denke, dass sie eine Hexe ist, da hupt es von Weitem. Ich sehe ein großes, weißes Etwas, das sich auf der Sandstraße in unsere Richtung bewegt. »Das Wohnmobil!« Ich freue mich riesig auf meinen Onkel und bin etwas enttäuscht, dass er mich so ganz normal begrüßt, als ob wir uns jedes Wochenende sehen würden. Er hat einen Händedruck wie ein Schraubstock und das mag ich nicht. Die Muskeln seiner Arme sind so fest, sie kommen mir fast unmenschlich vor. Ich habe nur Augen für das Wohnmobil und mein Herz schlägt bis zum Hals. Ob er mich reinlässt, ob ich mal gucken darf? Oma weint und weint. »Mein Junge, mein lieber Junge.«

WESTEN

Hymne

In unregelmäßigen Abständen ist an unserer Schule im Partykeller Disko für alle Schüler der siebten Klasse. Ein Junge aus der Zehnten baut jedes Mal eine eindrucksvolle Stereoanlage auf und schleppt einen kleinen Koffer voller Musikkassetten an. Natürlich vor allem Rock und Pop aus dem Westen. Die Kassetten hat er zu Hause selbst in stundenlanger Arbeit aufgenommen, im Westradio, im HR3. Manchmal fehlt der Anfang eines Liedes, hin und wieder ist der Rest einer Verkehrsdurchsage dabei, aber das ist uns egal. Meine Freundin Uta und ich ziehen unsere Karottenjeans an, die weiten gestreiften Blusen, ich versuche, mein dünnes, feines Haar irgendwie mit Haarspray zu bändigen und dann üben wir zu Hause synchron tanzen zu Janet Jackson oder Madonna. Oh diese Schuldiskos; wer wird wohl mit wem abschieben, sprich rumknutschen? Mit mir auf jeden Fall niemand, so viel steht fest. Eigentlich will ich auch nur tanzen. Die älteren Schüler kommen gar nicht mehr zur Schuldisko, die gehen schon zur richtigen Disko, die in den Gemeindesälen der Nachbardörfer stattfinden. Da wird gesoffen bis zum Umfallen. Einmal wird unsere Schuldisko unterbrochen. Ich bin gerade auf dem Klo, als ich plötzlich eine merkwürdige Melodie höre, ein Orchester, keine Pop- oder Rockmusik, und mir fällt einfach nicht ein, woher ich es kenne. Erst, als ich im Flur stehe und kurz innehalte, erkenne ich die Melodie: Das ist doch die Nationalhymne der BRD und irgendjemand singt laut »Deutschland, Deutschland über alles«! Wenn das einer mitbekommt, dann wird es hier nie wieder eine Disko geben! Und kaum habe ich diesen Gedanken zu Ende gedacht, da geht auch schon das Licht an und der Direktor nebst Pionierleiterin (seine Frau) stehen mitten auf der Tanzfläche. »Macht sofort diesen faschistischen Krach aus!«, brüllt er. »Das ist die Nationalhymne Hitlers!«, echot die Pionierleiterin. Das wusste ich bis dahin gar nicht, oder ich wusste es und hatte noch nie darüber nachgedacht. Die Disko ist jedenfalls vorbei und die Kassette mit der feindlichen Hymne wird konfisziert.

◇ ◇ ◇

Verboten

Bei uns im Wohnzimmer gibt es ein verbotenes Schubfach, in dem ich gern herumkrame. Meine Mutter sieht das nicht so gern, denn da werden die wichtigen Papiere aufbewahrt. Da ist ein Kästchen aus Bast, in dem sie ihren Schmuck aufbewahrt. Vorsichtig schaue ich mir die Perlenohrringe an, die Silberkette mit dem beweglichen Fischanhänger. In dem Schubfach riecht es so gut. Nach Papier und ein wenig nach Leder. Da ist mein Sozialversicherungsausweis. Ganz abgegriffen ist das rote Büchlein mit dem Hammer und der Sichel im Ährenkranz. Meine kleine Schwester hat darin herumgekrakelt. Ich schlage die erste Seite auf. Ja, da steht es, ich wurde geboren, dort ist der Eintrag und der Stempel vom Kreiskrankenhaus Oranienburg. Mein Leben beginnt offiziell mit diesem Stempel und der Ausweis war damals genauso neu wie ich. Jetzt bin ich dreizehn Jahre alt und gerade passiert ziemlich viel. Dies sollten meine letzten Sommerferien an dieser Schule sein, denn im nächsten Jahr will ich auf die Erweiterte Oberschule. Wenn sie mich lassen. Im Moment sieht's nicht so gut aus, denn der Direktor hat mir schon klargemacht, ohne Jugendweihe kein Abitur. Ich bin aber erst vor ein paar Wochen konfirmiert worden. Jugendweihe *und* Konfirmation: Ich kann mich doch nicht für zwei komplett gegensätzliche Dinge hergeben. Ich will das nicht länger tun. Und doch weiß ich, dass ich es tun werde. Ich werde wieder tun, was alle tun, damit ich keine Probleme bekomme, damit ich nicht so auffalle, damit ich Abitur machen kann, studieren kann, und dann irgendwann irgendwie genauso reisen kann wie Erich Wustmann. Aber dafür muss ich so tun, als ob ich das alles total toll finde. Ich überlege, meiner Oma einen Brief zu schreiben, und greife nach dem Hefter mit dem Briefpapier, das mit Blumen und Marienkäfern bedruckt ist. Da fällt ein Bogen heraus, der eng beschrieben ist. Das ist die Schrift meines Vaters, die ich nur schwer lesen kann. Seine Buchstaben sind schmal und sehen aus, als würden sie von einem starken Wind nach rechts gepustet. Ich überfliege das Geschriebene. Da ist viel durchgestrichen und über den Rand geschrieben. Beantrage ich hiermit für meine Ehefrau, meine beiden Töchter und für mich die ständige Ausreise aus der Deutschen Demokratischen Republik …

Der Schrecken schlägt wie ein Blitz in meinen Körper, genau in meinen Bauch, wahrscheinlich dort, wo der Magen ist oder das Herz. Ogottogottogott. Ich nehme das Stück Papier und gehe in die Küche, wo meine Mutter das Abendbrot vorbereitet.

Der Ausreiseantrag

»Pack schon mal deine Bücher zusammen«, sagt meine Mutter. Es kann jederzeit soweit sein. Oder auch nicht. Es kann sich auch hinziehen. Aber in diesen unruhigen Zeiten geht es vielleicht schnell, wollen sie vielleicht jeden loswerden, der nicht hierbleiben will. Jetzt müssen wir uns um alles kümmern. Es ist also ernst, es wird ernst. Ich erinnere mich daran, wie wir vor dem Zaun standen, und ich mir so sicher war, dass ich niemals, niemals auf die andere Seite kommen würde. Das war erst vor einem Jahr und fühlt sich an, als wäre es in einem anderen Leben passiert. Damals war ich noch anders. Damals war ich auch noch nicht in Tobias verliebt. »Bleib doch hier«, hat er gesagt, »bleib einfach hier«, und ich bin mir sicher, er hatte ganz feuchte Augen, als er das gesagt hat. »Ja, und was ist, wenn ihr euch nächste Woche streitet?«, fragt meine Mutter. »Ihr könnt euch doch schreiben!«

»Ich will nicht in den Westen.« Ich hab' Angst. Hoffentlich wird es schrecklich im Westen, so dass meine Eltern es bereuen – auf ewig bereuen. Ich will nicht! »Wenn ihr einmal da drüben seid, dann lassen die euch nie wieder zurück. Die sehen doch gleich, dass du aus'm Osten kommst. Was wollt ihr denn da drüben?«

Ein Land ohne Verben

Seit der siebten haben wir Staatsbürgerkunde und ich bekomme in jeder Klassenarbeit, Leistungskontrolle oder mündlichen Kontrolle eine glatte Eins. Auch jetzt noch, wo wir doch eigentlich schon fast keine DDR-Bürger mehr sind, also meine Eltern, meine Schwester und ich, bekomme ich immer gute Noten in diesem Fach. Denn Staatsbürgerkunde ist das Fach, in dem man am leichtesten gute Noten schreiben kann. Man muss nur den jeweiligen Stoff im Lehrbuch komplett auswendig lernen und darin bin ich ziemlich gut. Ich lese mir die Absätze und Definitionen durch und spreche sie leise vor mich her, als ob ich ein Gedicht auswendig lerne, laufe in meinem Zimmer auf und ab, murmele in leisem Singsang. Dabei fällt mir auf, dass es im Staatsbürgerkunde-Lehrbuch kaum Verben gibt. Jedes zweite Wort endet auf -heit, -keit, -schaft, -ung. Im Text bewegt sich nichts. Die Substantive stehen dort wie Mahnmale und wollen auswendig gelernt werden. Sind Verben gefährlich, weil sie beweglicher sind und vielleicht abhauen? Ja gibt's denn nicht mal Verben in diesem Land?

◈ ◈ ◈

Buchenwald

Mein Vater ist, kurz nachdem meine Eltern den Ausreiseantrag gestellt hatten, von der Schule geflogen. Ich lebe fortan mit der Angst, dass wir jederzeit den »Laufzettel« erhalten, von dem meine Eltern jetzt ständig reden, und gleichzeitig bin ich stolz, dass wir jetzt sowas wie Staatsfeinde sind. Es steht für mich außer Frage, dass wir irgendwann »rübergehen«. Aber ich bin dreizehn Jahre alt und die Pubertät ist schwer genug, nun auch noch dieser Dauerstress und das Problem, dass ich meine Sachen schon mal vorsortieren soll – was bleibt hier, was kann mit. Meine Bücher müssen alle mit, darauf bestehe ich. Und dann gibt es noch eine Sache, die beinahe zu einem großen Streit mit meinen Eltern führt: Der Beitritt zur FDJ steht an, und zwar in Weimar, in der Gedenkstätte Buchenwald. »Du willst doch da nicht etwa mit?« Doch, ich will. Es wird vermutlich das letzte Mal sein, dass ich jemals nach Weimar komme, dass ich noch mal mit dem Bus durch Thüringen fahren kann, zusammen mit meiner Klasse. Ich muss das einfach tun. Eine Bekannte borgt mir ein blaues Hemd, ohne FDJ-Emblem, und als ich an besagtem Morgen der Fahrt nach Weimar mit den anderen an der Bushaltestelle stehe, machen alle große Augen: »Was willst du denn hier? Willst du etwa noch eintreten?« Alle denken, ich spinne, keiner versteht, wie wichtig dies für mich ist.

Verpasst

Ich sitze allein am Fenster während der Fahrt und schaue auf die Landschaft, die vorbeizieht. Ich versuche, mir alles einzuprägen, denn wenn wir erstmal drüben sind, werde ich vermutlich nie, nie wieder hierher zurückkommen. In Buchenwald angekommen werden wir erstmal alle in einen Vorraum des Museums geführt, wo wir um ein Modell des Lagers herumstehen. Es ist wahnsinnig warm in diesem Raum und eine Frau hält eine nicht enden wollende Rede, wobei sie nicht mit Details zurückhält. Ich spüre, wie mir trotz der Hitze im Raum eine Kälte den Rücken hochkriecht, die ich nur zu gut kenne. Schon fangen meine Hände an zu kribbeln und dann passiert es: Ich falle der Länge nach in Ohnmacht. Als ich wieder zu mir komme, liege ich auf einer Pritsche in einem der ehemaligen Wohnhäuser der SS. Gott, ist mir elend! Meine Glieder sind bleischwer und ich verpasse die Führung durch das Lager. Dafür bin ich nun hergekommen, dass ich hier auf dieser Holzpritsche liege, bis der Bus wieder nach Hause fährt. Ich nicke ein und werde erst wieder richtig wach, als noch zwei weitere Ohnmachtsopfer eingeliefert werden. Pünktlich zur Vereidigung holt unsere Lehrerin uns ab. Ich sehe alles durch einen Schleier und denke nur, verdammt, ich wollte einfach nur noch mal nach Weimar. Es läuft alles ab wie immer. Wir stehen vor einem Denkmal, vor dem, glaube ich, eine ewige Flamme brennt. Ich kann an nichts anderes denken, als daran, wie schlecht mir noch ist, und dann murmeln wir den Schwur und ich bin Mitglied der Freien Deutschen Jugend.

Ich will nicht in den Scheißwesten!

Liebes Tagebuch! (1.11.1989)
Ich bin total am Ende. Nur noch zwei Wochen und dann werden wir höchstwahrscheinlich ausreisen. Ich verstecke mich vor der Abreise einfach auf dem Heuboden und dann müssen sie halt ohne mich los. Verdammt, ich will nicht in den Scheißwesten! Ich kann ohne Tobias nicht leben! Das geht doch sofort auseinander, von wegen, wir können uns immer schreiben! Die lassen uns doch nie wieder hierher! Mama sagt, wir wären schön blöd, wenn wir jetzt nicht rübergehen. Hoffentlich erleben wir drüben einen richtigen Reinfall, und dann werden sie sa-

gen, ach wären wir mal mit'm Arsch zu Hause geblieben!

Ein Donnerstag

Es ist ein Donnerstag im November und wieder Schuldisko. Höchstwahrscheinlich, nein, sogar ziemlich bestimmt meine letzte in diesem Land. Mein Vater ist irgendwohin gefahren, um noch leere Koffer zu besorgen, meine Mutter ist am Packen, denn angeblich sollen wir uns in den nächsten Tagen für die Ausreise bereithalten. Ich bin gar nicht richtig da. Ich wünschte, ich könnte mich auf das neue Leben freuen, auf dieses unglaubliche Abenteuer. Aber ich habe nur Angst. Es geht uns doch so gut in dieser kleinen Blase DDR, hier in unserem Dorf. Reichen denn Westpakete und Westbesuch nicht? Mit meiner besten Freundin schreibe ich mir täglich Zettel hin und her, wie scheiße es ist, in den Westen zu gehen, dass wir uns nie wieder sehen werden, wie viel Angst ich vor dem Westen habe. Am allerschlimmsten aber ist, dass ich zum ersten Mal in meinem Leben verliebt bin und der Überzeugung, dass ich noch nie so glücklich und unglücklich war wie jetzt gerade. Ich weiß, dass ich ihn nie wieder sehen werde, dass ich nie wieder glücklich sein werde. Ich kann überhaupt nicht an die Zukunft denken – und ich fühle mich sowas von nicht ernst genommen, besonders nicht von meinen eigenen Eltern. Meine große Liebe und ich halten Händchen, tanzen eng umschlungen und schwören uns ewige Treue, bis diese verdammte Grenze irgendwann fällt und wir uns wiedersehen. Alle haben mir etwas ins Poesiealbum geschrieben und heulend laufe ich irgendwann gegen halb neun Uhr abends von der Disko nach Hause. Da steht meine Großmutter im Bademantel auf der Straße vor unserem Haus und redet aufgeregt mit den Nachbarn. »Was ist los, wo ist Mama?« frage ich. »Die holt deinen Vater vom Bahnhof ab. Die Grenzen sind auf.«

11. November 1989

Es ist drei Uhr morgens, als wir den Grenzübergang Worbis/Duderstadt erreichen. Seit ungefähr sechs Stunden schiebt sich unser gelbschwarzer Lada in einer Blechschlange aus stinkenden Zweitaktern durch ein Land, das seit gestern nicht mehr dasselbe ist. Wir haben ein wenig Angst, sind nervös, denn so richtig wissen wir gerade nicht, was wir tun. Aber da sind so viele, so viele von uns, was soll passieren? Dann sehen wir die DDR-Grenzsoldaten und sie haben Blumen an den Uniformen, sogar Blumen in ihren Gewehrläufen. Einer klopft ans Autofenster auf Vaters Seite und wir denken »Oh Gott, was jetzt«. Aber der Grenzsoldat sagt nur: »Sie können den Motor erstmal ausmachen, er stinkt zwar nich ganz so wie'n Zweitakter, aber er stinkt gewaltig.« Und dann werden wir einfach durchgewunken, wir fahren einfach so durch den geöffneten Schlagbaum. *Der Zaun* ist jetzt nur noch ein Zaun. Und auf der anderen Seite, im Westen, im unerreichbaren, rätselhaften Westen, stehen Menschen an beiden Seiten der Straße. Die unzähligen Autoscheinwerfer erhellen die Nacht und die Menschen auf beiden Seiten der Straße rufen »Willkommen«, lachen uns zu, klatschen, greifen die Hände meiner Mutter durchs Autofenster, klopfen meinem Vater auf die Schulter, klopfen aufs Autodach, reichen uns Tüten mit Essen und Getränken ins Auto. Ich halte meine vierjährige Schwester auf dem Schoss. Ich halte sie ganz fest, als könne sie sich in einen kleinen Vogel verwandeln und aus dem Fenster fliegen, in diese neue, unbekannte Zeit. Ich halte sie fest, weil ich denke, ich träume das alles und wache gleich auf, doch solange ich sie festhalte, kann ich weiter träumen. »Claudia du weinst ja«, sagt sie, und ich sage: »Ich freu mich so, ich freu mich.« Meine Mutter dreht sich um und nimmt meine Hand. Im Scheinwerferlicht der Autos hinter uns sehe ich, wie nass ihr Gesicht ist. Wenn das hier möglich ist, wenn das wirklich gerade passiert, vielleicht kann ich dann sogar nach Amerika! Wir fahren weiter, und wir wissen gar nicht wohin. Ich sehe in all diese Gesichter, die uns anlächeln, die Menschen, die uns zunicken, winken. Ich sehe und spüre keinen Hass, kein Misstrauen, keine Arroganz, keine Gleichgültigkeit. Da ist nichts als Freude.

Das ist also der Westen

Es dämmert schon, als wir Wanfried in Hessen erreichen, wo einige Verwandte meiner Großeltern leben. Ich habe keine Sekunde geschlafen. Meiner kleinen Schwester fielen schon kurz nach dem Grenzübertritt die Augen zu. Wir halten an einem hell erleuchteten Haus, in dem eine Cousine meines Vaters mit Mann und Sohn lebt. Seit Jahren kommen sie uns regelmäßig besuchen und ich finde sie ganz nett. Er ist Politiker und wahnsinnig stark behaart. Sie ist Lehrerin, hat eine laute, kratzige Stimme und Haare wie Tina Turner. Sie sind alle noch auf, denn sie hatten so eine Ahnung, dass wir kommen würden, und sind außerdem ganz aufgeregt und außer sich vor Freude. Umarmungen,

Freudentränen, das bekomme ich alles nur noch halb mit. Ob das morgen alles noch stimmt, wenn ich aufwache? Wo werde ich morgen überhaupt aufwachen? Und gehen wir jetzt vielleicht doch nicht in den Westen? Ich weiß nicht mehr, wie ich ins Bett gekommen bin, doch am nächsten Morgen wache ich auf und mein erster Gedanke ist: »Wir sind drüben!« Wir haben alle vier in einem großen Doppelbett geschlafen und meine Eltern unterhalten sich leise. Irgendwie trauen wir uns nicht so richtig aufzustehen, wissen nicht so recht, was wir jetzt machen sollen, wie wir uns verhalten sollen, hier im Westen, bei diesen Verwandten, die wir eigentlich kaum kennen. Bei meinem ersten Westfrühstück esse ich nur wenig, obwohl mir der Magen knurrt. Ich traue mich kaum, etwas zu nehmen, denn es sieht alles so schön aus auf dem Frühstückstisch, wie in der Werbung im Westfernsehen. Das Marmeladenglas mit der Marmelade, die ich aus der Werbung kenne, ist noch verschlossen, die bunte Plastikpackung Westkäse auch. »Iss nur, iss Mädchen«, sagt die Westtante. Ich traue mich nicht, Packungen, die noch nicht geöffnet sind, aufzureißen. Zu Hause machen wir das auch so, erstmal das aufessen, was schon auf ist, bevor man was Neues anfängt. Aber hier machen die das anscheinend nicht so.

Fünf Westmark

Wie die ersten Menschen spazieren meine Eltern, meine Schwester und ich an unserem ersten Morgen im Westen durch die kleine Stadt. Alles ist so hell, die Fachwerkhäuser sind weiß gestrichen, die Balken rot, grün oder braun. Nichts ist zerlöchert, zerbröselt oder fällt in sich zusammen. Die Cousine meines Vaters gibt mir fünf Westmark und schickt ihren gelangweilten fünfzehnjährigen Sohn und mich in den Konsum, der hier SPAR heißt, damit ich mir kaufen kann, was ich möchte, von meinem ersten Westgeld.

Der kleine Laden hat gerade erst geöffnet und ich bleibe kurz in der Tür stehen. Ich schaue auf diese bunten, bis zur Decke gefüllten Regale. Ich kann überhaupt nicht begreifen, wer das alles kaufen soll, was das alles ist, was es alles gibt in der Welt. Von jedem Produkt gibt es mehrere Sorten. In einem Gang ist alles voller »Heimtierbedarf«. Ich denke an das Regal mit »Heimtierbedarf« in der BHG, wo man Werkzeuge, Dünger und alles Mögliche zum Bauen kaufen kann, und Hundefutter. Der »Heimtierbedarf« umfasst eine Regalreihe »Goldie« – eine zum Himmel stinkende Mischung aus Innereien, die man in ein Glas gepresst hat und das sowohl für Hunde als auch Katzen gedacht ist. Aber hier,

hier gibt es verschiedene Sorten für jede Hunderasse, trocken, nass, Hundesnacks einzeln verpackt. Und das Vogelfutter erst! Es sieht so lecker aus, am liebsten würde ich es selbst essen. Also kaufe ich von meinen ersten fünf Westmark eine Packung Hirsekolben mit bunten getrockneten Früchten für meinen Wellensittich. Denn den muss ich ja nun nicht mehr hergeben, weil wir ja jetzt nicht mehr in den Westen ziehen müssen, oder?

Katharinenberg

Unser zweiter Tag im Westen und wir fahren mit dem Auto aus Wanfried hinaus Richtung Wald, immer bergauf, bis wir den Zaun sehen, aber diesmal von der Westseite. Damals in Kella, beim letzten Haus vorm Zaun, konnte ich nur auf die Grashalme auf der anderen Seite starren und heute stehe ich selbst auf der anderen Seite. Heute sind wir hier, weil der Grenzübergang Katharinenberg für Fußgänger geöffnet wird. Ich fühle mich die ganze Zeit, als wäre ich in einem Traum. Es ist so absurd, ich muss vor mich hin kichern, denn wie kann etwas, was so völlig unmöglich war, auf einmal so leicht funktionieren? Ich weiß auch gar nicht so richtig, was das jetzt bedeutet, »Grenzübergang für Fußgänger wird aufgemacht«? Ich dachte tatsächlich, es gäbe nur diesen einen, durch den wir vor zwei Nächten in unserem Lada durchgewunken wurden. Das es sehr, sehr viele verschlossene Tore zwischen Ost und West gibt, war mir nicht klar. Ich nehme die Menschen um mich herum nur schemenhaft war. Ich habe Angst, dass ich gleich in Ohnmacht falle, was mir in letzter Zeit immer mal wieder passiert. Ich muss mich kneifen oder konzentrieren und nicht so sehr auf die vielen Menschen achten. Also schaue ich auf meine Fußspitzen. Mir ist das alles hier irgendwie zu viel. Da sind ein paar bundesdeutsche Soldaten. Schick sehen sie aus mit ihren neckischen Käppis und den Uniformen in einem sauberen Grün. Sind das jetzt noch unsere Feinde oder nicht? Und dann sagt meine Mutter: »Mensch, guck doch mal!« Und ich schaue nicht länger auf meine Schuhe, sondern hebe den Kopf Richtung Zaun und sehe einen Strom von Menschen durch das weit geöffnete Tor von der anderen Seite. Ein Aufschrei, Klatschen, Weinen, Lachen um mich herum. Eine der ersten, die durchs Tor läuft, ist eine alte Frau, die von zwei jungen Leuten gestützt wird. Ihr Gesicht ist ganz rot vom Laufen oder vom Weinen oder vom hohen Blutdruck. Dann sehe ich plötzlich, wie ein Mann, der mir irgendwie bekannt vorkommt, meine Mutter im Arm hält, in der einen Hand eine Sektflasche und meine Mutter lacht und ruft immer wieder: »Das gibt's doch nicht, das gibt’s doch nicht!« Eine Blaskapelle spielt und der Menschenstrom reißt nicht ab. Mir ist schwindelig und ich möchte am liebsten gehen. Als ich aufblicke, schaue ich in die Kamera eines Reporters und er drückt ab.

Das Warum

Nun ist mein Wunsch also wahr geworden. Wir bleiben hier, lieber Gott danke, danke, wir bleiben hier und gehen nicht in den Westen, denn den gibt’s ja nun nicht mehr so richtig. Als ich am 13. November morgens wieder in der Schule auftauche, als sei nichts gewesen, da gucken die anderen vielleicht! »Wir dachten, ihr seid rübergemacht!« Jetzt wird alles gut, ich glaube, jetzt wird alles gut. Im Konsum gibt es jetzt lauter Westsachen zu kaufen. Unfassbar. Das war’s dann wohl mit den Westpaketen. Schade eigentlich. Meinem Vater haben sie seine alte Stelle wieder angeboten, aber er hat abgelehnt. Er fängt jetzt in der Schule in Leinefelde an, das vor ein paar Wochen noch Sperrgebiet war. Ich krame mal wieder im verbotenen Schubfach, wo ich vor einer gefühlten Ewigkeit den Entwurf des Ausreiseantrags entdeckt habe. Da finde ich wieder etwas. Ganz unten, ein zusammengefaltetes Stück Papier.

Sehr geehrte Damen und Herren,

Am 26.9. 1987 habe ich aufgrund einer Einladung und infolge der weitreichenden Reiseerleichterungen die Genehmigung einer Reise in die BRD beantragt. Am 15.1o. 1987 erhielt ich die schriftliche Benachrichtigung, mich umgehend bei der VPKA in Heiligenstadt zu melden. Ich tat dies noch am selben Tag. Mir wurde mitgeteilt, dass meine Reise nicht genehmigt wird und mir aufgrund von § ? keine weiteren Auskünfte erteilt werden. Ich kann dies jedoch nicht so ohne weiteres hinnehmen. Seither steht in unserer Familie die Frage im Raum - warum? Ich lebe nun seit 12 Jahren hier, habe mich nie einer strafbaren Handlung schuldig gemacht, sondern führe ein ganz normales Leben. Was liegt gegen uns vor? Aus unserem Ort sind bereits sehr viele Bürger zu Verwandten in den Westen gereist, und zwar Leute, die weitaus jünger sind als ich. Die Frage nach dem Warum beschäftigt uns sehr und beeinträchtigt unser Familienleben immens. Daher möchte ich eine Antwort und brauche dazu Ihre Hilfe. Sollte es daran liegen, dass ich Geschwister in

Westberlin habe? Doch dies kann sicherlich nicht der Grund sein, denn eine meiner Schwestern, die in Oranienburg lebt, war bereits im Westen. Und da stellt sich mir wieder die Frage, warum ausgerechnet mein Antrag abgelehnt wurde. Ich hielt mich bisher für eine normale, unbescholtene DDR-Bürgerin. Scheinbar bin ich das nicht. Bitte teilen Sie mir den Grund der Ablehnung mit, damit wir dies in unserer Familie zum Abschluss bringen können. Ich finde, ich habe das Recht, über die Gründe aufgeklärt zu werden.

Ich appelliere an Ihre Menschlichkeit.

Mit Bitte um Antwort

verbleibe ich mit freundlichen Grüßen

[redacted]

Einfach mal gucken

Angeblich kann man den Patrouillenweg jetzt problemlos entlangfahren und einfach mal gucken. »Einfach mal gucken« ist unser neuer Familien-Zeitvertreib. Also beschließen meine Eltern, dass wir vier einen kleinen Ausflug zu eben diesem Patrouillenweg machen. Wir fahren die ehemals verbotene Straße entlang, die nun die am meisten befahrene Straße ist, Richtung Westen, zum Gucken, zum Einkaufen und zu McDonald's. Das ehemalige Schlagbaumhäuschen steht leer, die rot-weiße Schranke ist weg. Was die beiden graugrünen Soldaten jetzt wohl machen? Haben die jetzt alle keine Arbeit mehr? Wir biegen von der Hauptstraße auf einen Feldweg ab und fahren auf den groben Betonplatten den Hügel hinauf. Der Zaun steht noch da, aber da ist niemand. Ganz langsam steuert mein Vater unseren Lada den steil ansteigenden Weg Richtung Wald. Meine Mutter bekommt es nun doch mit der Angst und ist sich nicht mehr sicher, ob wir nicht doch noch erschossen oder zumindest festgenommen werden. Am Waldrand parkt mein Vater und meint, wir könnten ein bisschen spazieren gehen. »Und wenn hier Minen sind?«, fragt meine Mutter. »Dann würde hier irgendwo ein Schild stehen, steht aber keins«, sagt mein Vater, der einfach so wahnsinnig gern verbotene oder halb verbotene Dinge tut, einfach um zu sehen, ob es klappt. Meine kleine Schwester sammelt Kieselsteine und trällert vor sich hin. Dann entdecke ich zwischen zwei Bäumen einen grünen Kasten, den man vorn aufklappen kann und auf dem ein Telefon abgebildet ist. Mein Vater geht darauf zu, betrachtet den Kasten und öffnet kurzerhand die Klappe. Eine Männerstimme sagt: »Ja?« Mein Vater zögert, das hat er nicht erwartet. Er könnte die Klappe einfach schließen. Doch ich bin mir sicher, dass er aus Prinzip oder aus Verlegenheit einfach antworten muss, und ich bin gespannt, ob er was sagen wird wie »Du kannst mich mal« oder schlimmer. Vielleicht wäre das jetzt seine Chance, einfach mal den ganzen Grenzfrust loszuwerden. Er beugt sich ganz dicht an den Kasten und sagt laut und deutlich: »Ach, lass gut sein, Genosse!«

Dank

Liebe Leserinnen und Leser! Dieses Buch entstand durch eine Verkettung wundersamer Zufälle. Da ist zunächst mein Sohn, ohne den es *Land ohne Verben* vermutlich nicht geben würde, denn die Idee entstand erst, als er eines Abends nicht wie sonst eine Vorlesegeschichte hören wollte, sondern eine »von der Zeit, wo du klein warst, Mama«. Da sind meine Eltern und meine wunderbare Schwester Susie, ohne die ich höchstwahrscheinlich jemand anderes wäre, der oder die vielleicht gar keine Bücher mag. Ohne Karsten Möckel vom Liesmich Verlag wäre das Manuskript nicht bei Kirsten Witte-Hofmann von der edition überland gelandet, die von meinen Texten sehr angetan war und die wiederum mit Phillip Hailperin (Hofmeister Stauder. Büchermacher) zusammenarbeitet, die wirklich richtig gute Bücher machen, wie man sieht. Und ohne den Zuspruch und die Freundschaft von Waltraut Tschirner, Katharina Koszlowska und Anett Gerlach hätte ich mir das vielleicht alles anders überlegt. Pete Lally (Pig Ear Press), Michael Curran (Tangerine Press), und Hosho McCreesh (DrunkSkull Press) müssen erst noch Deutsch lernen, um das hier alles lesen zu können, aber ohne diese drei Ikonen der englischsprachigen *small press* wäre ich wohl nicht bei der Schreiberei geblieben, also will ich sie ebenfalls dankend erwähnen. Mein langjähriger Autorenfreund und Verleger Matt Potter von Pure Slush in Australien kann richtig gut Deutsch. Ich bin gespannt, wie er *Land ohne Verben* findet. Und da ist Richard Huybrechts, dem mein ganz besonderer Dank für die Ermutigung gilt.

Bibliografische Information der Deutschen Nationalbibliothek
Die Deutsche Nationalbibliothek verzeichnet diese Publikation in der Deutschen Nationalbibliografie; detaillierte bibliografische Informationen sind im Internet unter `http://dnb.dnb.de` abrufbar.

ISBN 978-3-948049-11-9

Fotos: Claudia Bierschenk

Gestaltung, Satz und Herstellung
Phillip Hailperin, Hofmeister Stauder.
Büchermacher, Berlin · `hofmeisterstauder.de`

Druck und Bindung
Beltz Grafische Betriebe GmbH,
Bad Langensalza

Printed in Germany